DREAMBOOKS

DREAMBOOKS

DREAMBOOKS★

# 마탑의 사서

양인산 판타지 장편소설
ORIGINAL FANTASY STORY & ADVENTURE

## 마탑의 사서 2

**초판 1쇄 인쇄** 2016년 12월 14일
**초판 1쇄 발행** 2016년 12월 26일

**지은이** 양인산
**발행인** 오영배
**기획** 박성인
**책임편집** 황지희
**일러스트** MJ
**제작** 조하늬

**펴낸곳** (주)삼양출판사 · 드림북스
**주소** 서울시 강북구 도봉로 173
**대표 전화** 02-980-2112 **팩스** 02-983-0660
**편집부 전화** 02-980-2116 **팩스** 02-983-8201
**블로그** blog.naver.com/dreambookss
**출판등록** 1999년 3월 11일 제9-00046호.

ⓒ 양인산, 2016

ISBN 979-11-313-0444-0 (04810) / 979-11-313-0442-6 (세트)

+ (주)삼양출판사 · 드림북스의 서면 허락 없이는 어떠한 형태나 수단으로도 이 책의 내용을 이용하지 못합니다.
+ 지은이와 협의하에 인지는 생략합니다. 잘못된 책은 구입한 곳에서 바꾸어 드립니다.
+ 이 도서의 국립중앙도서관 출판시도서목록(CIP)은 서지정보유통지원시스템홈페이지(http://seoji.nl.go.kr)와
  국가자료공동목록시스템(http://www.nl.go.kr/kolisnet)에서 이용하실 수 있습니다. (CIP제어번호: 2016029981)

**드림북스**는 (주)삼양출판사의 판타지 · 무협 문학 브랜드입니다.

ORIGINAL FANTASY STORY & ADVENTURE

양인산 판타지 장편소설

# 마탑의 사서 ②

dream books
드림북스

## 목 차

Chapter 01 사투 ··· **007**

Chapter 02 이바나 디 엘로이 ··· **049**

Chapter 03 휴가 ··· **091**

Chapter 04 잠깐의 행복 ··· **121**

Chapter 05 깨진 일상 ··· **155**

Chapter 06 그들의 목적 ··· **185**

Chapter 07 대항하는 방법 ··· **217**

Chapter 08 처절한 몸부림 ··· **259**

# Chapter 01
## 사투

<오우거>

신장: 약 5미터

인간과 유사하지만 힘이 매우 세고 거대하다. 육식성이며 인간을 간식거리로 본다.

맨 손으로 나무를 뿌리째 뽑아 들거나 바위를 부술 수 있을 정도로 매우 힘이 세고 흉포하다.

살아 움직이는 것이라면 닥치는 대로 먹어 치운다. ……(중략)…… 위저드급 마법사, 익스퍼트의 검사 여럿이 아닌 한 피해를 주기 힘들다.

드래곤의 멸족 이후 현존하는 지상 최강의 몬스

터로 군림하고 있다.
―『몬스터 도감』中 발췌―

　　　　　＊　　＊　　＊

퍼억!

"악!"

발렌이 발에 느껴지는 통증에 화들짝 놀라며 뒤로 자빠졌다. 갑작스럽게 일어난 일에 무슨 일인지 파악되지 않았다.

"여긴……?"

다급히 주위를 살폈다. 낯익은 곳. 바로 그가 일하는 도서관이었다. 그는 다시 상황을 파악하고서 발에 느껴지는 통증에 인상을 찌푸렸다. 그의 발을 강타한 책. 주워서 확인하니 막시프의 마법서였다. 그리고 막시프가 해 놓은 것으로 추측되는 장치도 눈에 들어왔다. 이를 보고 그는 대략 언제쯤으로 리셋 된 것인지 예상할 수 있었다.

"대축제가 시작되기 일주일 전이구나."

그가 한숨을 크게 몰아쉬며 등을 책장에 기대고는 머리카락을 쓸어 올렸다. 이마에서는 쉴 새 없이 땀이 쏟아지고 있었다. 오랜만에 느껴보는 죽음과 리셋. 오우거의 주먹이 눈앞에 와 있다고 생각이 들자마자 바로 돌아와 버렸다.

'고통을 느낄 틈도 없었다는 소리인가?'

하기야, 바위도 맨손으로 부수고, 나무도 뿌리째 뽑아 들 수 있다고 하는 몬스터가 휘두른 주먹인데, 죽음도 순식간이었을 것이다.

"근데 왜 하필 돌아와도 이런 타이밍에 돌아오는 거야?"

발렌은 얼얼한 발등을 매만지며 불만을 토로했다. 매 리셋마다 막시프의 마법서에 발등을 찍혀야 하는 신세라니. 그가 금방 이 상황에 적응해 툴툴거렸다. 발렌은 발등의 통증이 가라앉자, 의자를 끌고 와서 자리에 앉았다.

"리즈를 지켜야 한다…… 라."

이번에는 간단하게 보일 수 있는 임무였다. 엘리즈를 오우거에게서 지킨다면 바로 몬스터 서커스 이튿날로 갈 수 있다는 얘기니까. 그 전까지는 계속 이 날을 반복해야 한다는 건데, 발렌은 의외로 간단한 임무라고 생각하는 중이었다.

'어쨌든 오우거만 안 만나면 그만이라는 소리잖아.'

그렇다면 오우거에게서 엘리즈를 지킬 수 있었다. 오우거는 콜로세움에서 빠져나가지 못할 테니 금방 리셋을 끝낼 수 있을 것이다. 직접 처단하라는 것도 아니고, 오직 엘리즈를 지키라는 것뿐이지 않은가.

발렌과 엘리즈가 가기 전에도 공연을 잘 하고 있던 오우거가 갑자기 왜 그런 소란을 벌인 건지는 모르지만, 엘리즈에게 특별히 반응하는 이유가 있나 싶기도 하다. 딱히 짚이는 점은 없지만, 발렌은 한 가지 확신하고 있었다.

'이건 분명히 보나바르의 저주로다!'

평탄했던 일상이 보나바르의 마법서를 읽고 나서 꼬인 기분이다. 자신에게 왜 이런 엄청난 일들이 일어나는지…… 평범했던 일상이 다시 시작되는가 싶더니, 결국 다시 도지고 말았다. 보나바르의 마법서를 읽지 않았더라면 이런 일도 없지 않았을까 싶다.

"보나바르의 저주든, 아니든 내 인생이 그 기점으로 갑자기 꼬였는데 뭔 상관이람."

자신이 해야 할 일은 정해져 있었다. 한숨만 나오는 상황임은 분명했다. 혹시 자신은 가기 싫은데 엘리즈가 혼자서 몬스터 서커스를 갈 일도 대비해야 할까 생각하며 여러 가지 계획을 먼저 세우기로 했다.

그가 종이와 깃펜, 잉크통을 가져와 계획을 써 나가기 시작했다.

첫 번째, 서커스에 가지 않는다.

두 번째, 근위병에게 이 사실을 알린다.

두 가지 계획 이외에는 떠오르는 게 없었다. 가장 좋은 방법은 첫 번째 방법이었다. 애초에 서커스에 가지 않는다면 오우거와 마주칠 일도 없고, 평화롭게 마무리가 될 것이다. 그리고 콜로세움에서 벌어진 소란을 듣고 근위병들이 출동하게 될 것이다. 그러나 그렇게 되면 다른 사람들의 피해는 막심해질 수 있었다. 자신과 엘리즈는 자신들이 무사하고자 다른 사람들의 안전을 외면할 사람은 아니었다.

'그런데 다른 사람들은 어떻게 구하지?'

근위병은 황제를 지키는 병사들. 최정예로 뽑힌 이들이라 실력 있는 자들이 다수 있다. 그렇기에 오우거를 어떻게든 막을 수 있을 것이다.

하지만 근위병에게 이 사실을 알려도 절대 믿어 줄 리 없다고 생각했다. 아직 닥치지도 않은 사실을 뚜렷한 증거도 없이 알려 봤자 근위병은 출동하지 않을 것이다.

'그렇다고 일반 경비병들에게 알릴 수도 없고…….'

경비병들에게 알렸다가 감옥에 갇힌 적이 있어서 안다. 그들은 믿을 만한 족속들이 못 된다. 자신과 엘리즈는 물론 다른 사람들을 구할 방법이 뭐가 있을까 생각하며 세 번째 계획을 쓴다. 세 번째 계획을 쓰고 발렌이 자신도 모르게 실소하고 말았다.

세 번째, 서클을 만들어 실력을 키운 후, 오우거에 대항한다.

무슨 바보 같은 소리라는 말인가. 자신이 쓰고도 황당한 표정을 감추지 못했다.

'이 시점은 이제 막 마나를 느낄 때잖아. 마나 엔진도 만들지 않았을 시기고…… 지금부터 서클을 만든다고 해도 어차피 리셋 되면 다시 사라질…….'

그렇게 생각하는 그 순간이었다. 그의 마나 게이트 쪽에서 이질적인 작은 박동이 느껴졌다.

"응?"

마나 게이트에서 느껴지는 이질감과 작은 펌프질. 발렌은 눈을 깜빡거리며 확인해 봤다. 그리고 놀랄 수밖에 없었다. 다시 리셋 되어 돌아왔는데 마나 엔진은 그대로 있었기 때문이다.

"이게 왜 있지?"

분명 이 시점은 마나 엔진을 만들기 전이다. 그런데 마나 엔진은 고스란히 마나 게이트와 회로 사이에서 조금씩 펌프질을 하고 있었다. 이때 이미 만들었나 생각했지만, 절대 아니다. 마나 엔진이란 개념은 이 책을 발견하고서 알게 된 사실이다. 그렇다면 자신이 시간을 착각한 것일까?

"그럴 리가 없는데. 막시프의 마법서에 발등을 찍힌 건 대축제가 시작하기 일주일 전이 확실한데."

혼잡스럽다. 도대체 이게 뭔 일인가 싶었다. 주변에 날짜를 알려 줄 사람도 없다.

"······아니, 있구나."

지금 시간에 그에게 대답해 줄 수 있는 사람들이 있다. 발렌은 황급히 1층으로 내려갔다. 그러고는 도서관 출입구를 열었다.

끼익—!

경첩이 울리는 소리와 함께 동시에 앞에 있던 경계병들이 뒤돌아보았다.

"무슨 일이냐, 발렌?"

"흐아암~ 이 오밤중에 산책이라도 나왔나? 근무 서는 데 방해되니까 자제해 줘."

피곤한 기색이 역력한 경계병들. 이 새벽에도 고생하고 있다는 생각을 하며 발렌이 그들에게 물었다.

"별일은 아니고요, 혹시 오늘 날짜를 알 수 있을까요?"

"9월 7일이다만?"

건국일은 9월 14일이다. 경계병의 말에 발렌은 자신이 시간을 착각한 게 아니라는 것을 알 수 있었다.

"감사합니다."

발렌은 그들에게 인사하며 다시 출입문을 닫았다. 경계병들은 고작 그런 걸 물어보려고 했던 걸까 실소를 했지만 발렌은 보지 못했다.

그는 출입문을 닫고서 고개를 갸웃거렸다.

"마나를 느낄 때쯤이긴 한데, 마나 엔진을 만들기 전이라는 건 확실해."

아마 그의 기억이 맞다면 마나를 느낀 건 내일의 일이었을 것이다. 그러나 발렌은 어째서인지 마나 엔진을 달고 있었다. 절대 착각은 아니다. 마법과 관련된 일을 스스로 해냈다는 기념비적인 날을 착각할 정도로 기억력이 나쁜 것도 아니다.

그럼 왜 마나 엔진이 있는 걸까. 여러 가지 스스로 추측해 보는 발렌. 그는 곧 한 가지 가능성 있는 결과를 도출했다.

"그럼 리셋이 되어도 마나 엔진이나 서클은 쌓은 만큼 보존할 수 있다는 얘기…… 인가?"

그게 가장 가능성이 있어 보였다.

\* \* \*

발렌은 엘리즈와 함께 또다시 밖으로 나와 구경을 했다. 그렇다. 발렌에게만은 '또' 다시다. 다만 엘리즈에게는 처음인 바깥 구경이었다. 대축제가 시작하기 전 궁금하다면서 같이 나왔던 그때를 다시금 반복하고 있는 것이다. 그리고 이번에도 역시나 그녀는 훈제 꼬치구이에 시선이 가 버렸고, 장사꾼은 또다시 크게 당황해했다. 발렌은 또다시 금전 감각에 대해 설명해야 했다.

몬스터 서커스를 홍보하는 광대들. 어린아이들에게 장난을 치면서 전단지를 나눠 주며 다른 사람들에게도 전단지를 나눠주고 있다. 엘리즈는 몬스터 서커스에 호기심을 느끼고 전단지를 계속 바라보았다.

'원래대로라면 나중에 내가 암표상에게 입장권을 샀겠지만……'

지금은 그럴 생각이 전혀 없었다. 죽을 걸 뻔히 아는데 사서 뭐하겠는가.

"몬스터 서커스는 안 가는 게 좋아."

"왜?"

"몬스터를 길들였다고 해도 몬스터의 본능은 막을 수가 없거든. 갑자기 인간을 향해 이빨을 드러낼 수도 있어."

몬스터 말고도 맹수로 하여금 공연하는 서커스도 가끔 사고가 발생한다. 몬스터들이 소동을 일으키면 피해는 더욱 심해진다. 몬스터가 괜히 몬스터겠는가. 몬스터가 아닌 맹수들도 사람이 다루기 힘든데, 사람을 간식거리로 아는 몬스터가 소동을 일으키면 더 힘들어진다. 몬스터들이 소동을 피울 것을 대비해 뛰어난 실력의 용병들을 배치해 놓은 것 같지만, 오우거가 소동을 일으키면 막기 버거운 것도 사실이다.

'게다가 콜로세움은 더 넓고 사람도 많으니……'

피해는 더 막심할 수밖에 없었다.

"나도 그 얘기를 들은 것 같기는 해. 하지만 전단지에는 오우거가 상당히 순하다고 써 있는데?"

발렌도 봤다. 전단지에는 몬스터들을 잘 길들여 매우 순하니 걱정하지 말라고 쓰여 있었다. 지금까지 사고가 일어난 적이 없다고 한다. 그러나 이미 사고가 벌어진 걸 겪어 본 발렌은 이 전단지를 신용할 수 없었다.

여전히 어떻게 해야 사람들을 구할 수 있을까란 난제가 남아 있기는 하지만, 엘리즈라면 확실히 구할 방법이 있었다. 서커스에 아예 가지 않는 것이다. 밤새 고민해도 다른 사람들은 어떻게 구할 방법이 떠오르지 않았다.

'난 결국 최악의 방법을 선택해야 하는구나.'

엘리즈 한 명의 생존을 위해 다수를 희생해야 하는 상황이라니. 알면서도 막아 낼 수 없어 발렌은 괴로웠다. 엘리즈가 그의 얼굴을 보고 입을 열었다.

"왜 그래, 발렌? 어디 아프니?"

시선을 돌리니 걱정스러운 표정으로 자신을 바라보고 있는 엘리즈를 볼 수 있었다. 발렌은 억지로 미소를 지었다.

"아니, 좀 피곤해서. 밤새 마법 서적을 들여다봤거든."

"……마법에 대한 열정은 보기 좋지만, 너무 몸을 망치지는 마. 무슨 일을 해도 몸이 우선이니까."

엘리즈는 걱정스러운 듯 그를 바라보았다. 그러나 발렌은 걱정하지 말라는 듯 작게 미소 지어 주었다. 자신을 걱정해 주는 모습을 보니 심적으로 안정이 되는 것 같았다.

"그래, 무리하지 않는 게 좋겠지."

그저 평상시 했던 것처럼 여유롭게 책을 읽고, 엘리즈와 책에 대한 토론을 하면 될 일이다. 이번에는 별로 어렵지 않은 일을 하는 것이니 마음을 편히 갖자고 생각했다.

그러나 그것이 착각임을 종래에 깨닫게 되었다.

\* \* \*

"결국 또 받았네."

프리실라가 세인브리트 마탑에 찾아오고, 발렌은 또다시 그녀에게서 아티팩트를 받았다. 그의 손가락에는 반지 두 개가 끼워져 있었다.

주변의 시야를 차단시키는 포그 마법밖에 못 쓰지만, 그래도 위기 상황에서는 유용하게 쓸 수 있을 것이라 생각했다. 원래 예정대로라면 몬스터 서커스를 구경하러 갔을 테지만, 지금은 야시장을 구경하는 중이었다.

대축제에서 볼만한 구경거리라고 하면 대축제의 규모도 있지만, 야간에도 밝게 빛나는 거리일 것이다. 어둑어둑한 밤임에도 오늘만큼은 세인브리트 전역이 불빛으로 빛나고 있었다.

"대축제 때는 황성에서도 연회가 밤새도록 진행되는데, 이곳도 만만치 않네?"

"그렇지?"

몬스터 서커스를 구경하러 가면서 들었던 대사라 발렌은 고개를 주억이며 축제만 간단히 즐기기로 했다. 대축제의 볼거리가 몬스터 서커스만 있는 것은 아니니까. 황성에서도 밤새도록 연회가 계속된다는 건 발렌도 모르는 일이었다. 대축제 때 황성 근처에 가 볼 일이 없었기에 밤새도록 연회가 진행되는 줄도 몰랐다. 이 날이 되면 나라에서 국고의 지출이 늘어난다고 하는데, 그 이유를 알 것 같았다.

"발렌, 술집 가 보자. 옛날부터 궁금했거든. 와인이 아닌 맥주는 어떤 맛인지."

엘리즈가 사람들로 북적이는 술집을 손가락으로 가리켰다. 발렌이 물었다.

"맥주 마셔 본 적 없어?"

"응. 맥주는 전혀 들여오지 않던데?"

그녀는 고개를 주억였다. 발렌은 신기한 듯 바라보았지만, 그녀라면 충분히 그럴 수 있을 것 같았다. 황실에서 비싼 고급주만 마셔 봤을 것이다. 맥주는 서민들이 마시는 값싼 술이라는 인식이 강했다. 그러니 그녀가 술집에 가본 적이 있을까 싶다. 그리고 무엇보다 술집에 가서 그녀가 먹을 만한 게 있을까 싶었다.

"그래, 한번 가 보자."

한 번쯤 마시러 가는 것도 괜찮을 것 같았다. 일반 서민들이 즐기는 주류나 먹거리는 잘 먹어 보지 못한 엘리즈. 세인브리트 마탑의 식단이 나쁜 편은 아니지만, 그래도 그녀에게 맞지 않는 듯했다. 그녀는 세인브리트 마탑에서 생활하면서 적응해야 하기에 서민 음식을 먹고 있으나 힘들어 하는 것도 사실이다.

제이프에게 부유한 귀족 자재들도 세인브리트 마탑에 처음 들어와서 음식이 입맛에 맞지 않아 힘들어 하는 자들이 꽤 많다고 들었다. 그녀도 그중 한 명이었다. 최고급 음식, 발렌은 먹어 보지 못했을 것들만 먹었을 엘리즈. 갑자기 서민 음식을 먹어 보라고 하면 입맛에 맞지 않는 것들이 다수 있을 것이다.

'그래도 입에 잘 맞지 않는 음식을 먹으면서 대축제 때에도 노력하는 걸 보면 대단하지.'

마법만 아니라 일상생활에서도 부단히 노력하는 모습을 보면서 엘리즈가 진심으로 존경스러워졌다. 게다가 맥주를 마셔 본 적이 없다고 하니 한 번쯤 맛 보여 주는 것도 괜찮을 것 같았다. 노점과 달리 정식으로 가게가 차려져 있는 술집들은 바가지를 씌우는 경우가 없으니까. 서민들의 피곤한 하루를 달래는 곳이라서 가격도 제법 싼 편이다. 내주는데 부담도 없을 것 같고, 발렌은 알겠다며 그녀를 술집으로 데리고 갔다.

수많은 사람들이 북적이고, 시끄럽게 떠들어 대고 있었다. 그녀는 그 분위기가 신기한 듯 주위를 빙 둘러보았다. 발렌은 엘리즈가 신기해하는 이유를 어느 정도 파악할 수 있었다. 귀족들의 연회는 조용한 분위기에서 시작해 조용하게 끝을 맺는다. 아마 이렇게 떠들썩한 술자리는 난생처음 접해 봤을 것이다. 점원이 다가와 그들을 자리로 안내해 주었다. 다행히 어느 일행들이 빠진 덕분에 발렌과 엘리즈는 금방 자리에 착석할 수 있었다.

"맥주 두 잔과 양고기 구이 한 접시 주세요."

그녀가 훈제 꼬치구이를 맛있게 먹은 것이 생각나 안주를 양고기 구이로 시켰다.

"예, 잠시만 기다려 주세요."

점원이 주문을 마치고 주방으로 가자 그녀가 물었다.

"꼬치구이도 꼬치를 꽂아서 굽기만 하던데, 양고기 구이하고 뭐가 달라?"

"돼지고기냐, 양고기냐의 차이도 있지만, 꼬치에 꽂아서 나오느냐, 안 나오느냐의 차이도 있지."

"아니, 내 말은 꼬치구이도 그냥 굽는 거던데, 차이점이라고는 꼬치에 꽂느냐, 안 꽂느냐 차이잖아. 그럼 훈제 꼬치구이에 꼬치를 꽂지 않으면 훈제 구이가 되는 거야?"

"뭐, 그렇지?"

뭘 당연한 걸 가지고 그러느냐는 표정을 짓는 발렌이지만, 그는 곧 고개를 저었다. 자신에게는 당연하게 느꼈을 일이지만, 엘리즈는 모를 수 있는 것이기 때문이다. 무엇보다 꼬치구이라는 걸 처음 접해 본 그녀다. 이런 개념이 상당히 낯설 수 있고, 이해하지 못할 가능성도 농후했다. 그녀는 이해했다는 듯 스스로 만족하며 고개를 주억였다.

"양념이 다르고 굽는 방식도 달라서 똑같은 훈제 꼬치구이지만 노점에서 팔던 것과 맛도 다를 거야."

노점에서 파는 훈제 꼬치구이도 맛있기는 했지만, 발렌은 이 술집에서 파는 게 가장 맛있다고 느꼈다. 기회는 언제든 있으니 나중에 제이프와 함께 술 마실 일이 있으면 그녀도 데리고 올까 생각중이다.

"술집은 다 메뉴가 똑같은 거야?"

"기본적으로 비슷한 게 있기는 하지만 다 똑같은 건 아니야. 그리고 양고기 구이는 이 술집이 가장 맛있거든."

이 술집은 발렌과 제이프가 가끔씩 찾아오는 술집이었다. 세인브리트 마탑과 거리도 멀지 않고, 제이프가 집에 가는 길에 있는 곳이라서 이 술집을 자주 찾는다. 가끔씩 사모님과 아이들도 올 때가 있었다.

그렇게 잠시 얘기를 나누는데, 점원이 큰 맥주잔과 양고기 구이 한 접시를 가지고왔다. 양고기 구이는 한 접시에 고기가 두 개 있었다. 한 사람이 먹어도 될 정도다. 양이 매우 푸짐했다. 발렌과 제이프가 이 술집을 자주 찾는 이유에는 거리만 있는 게 아니라 양이 푸짐하면서 가격이 싼 덕분이기도 했다.

"자, 일단 먹자."

"이대로 먹자고?"

엘리즈가 고개를 갸웃거렸다. 발렌이 왜 그러냐는 듯 그녀를 바라보았다. 따로 나올 게 있나 싶다.

"나이프와 포크가 없잖아."

발렌은 그녀가 무슨 의도로 그런 말을 한 건지 이해한 듯 하하 웃었다.

"이건 그냥 손으로 잡고 먹는 거야."

"으, 음식을 손으로 잡고?"

엘리즈가 상당히 충격적인 표정으로 그와 양고기 구이를 번갈아 보았다. 쉽사리 믿을 수 없는 듯한 눈치다. 그리고 그녀는 발렌이 장난치고 있는 것이라고 한편으로 생각하고 있었다. 그러나 발렌은 주저 없이 손으로 뼈 부분을 잡고 고기를 뜯어 먹었다.

"이렇게 먹는 거야."

"으~"

엘리즈가 거북한 얼굴로 그를 바라보았다. 음식을 먹을 때 포크와 나이프를 전혀 이용하지 않고 먹는 것을 보고 여러 가지 복잡한 생각을 하는 모양이다. 그리고 그제야 그녀가 주위를 둘러보았다. 자신들 말고도 양고기 구이를 시킨 다른 테이블 손님들도 정말 발렌처럼 손으로 잡고 먹고 있었다. 거짓말은 아닌 것 같았다.

엘리즈는 손을 양고기 구이로 뻗었다. 살짝 손가락이 닿을 때면 재빨리 물리고, 다시 뻗는 것을 반복하던 그녀. 그녀가 힘겹게 손으로 뼈를 잡아 들었을 때는 표정이 거의 울 듯이 변했다. 그녀는 천천히 조심스럽게 한 입 베어 물었다.

'그냥 뼈를 잡고 뜯는 건데 기품이 느껴지는 모습은 참 괴리감이 있네.'

그래도 손으로 잡고 먹는 것이 여전히 어색하고 거북한

지 이상한 표정이다. 그녀는 한 입 베어 물고서 바로 고기를 내려놓았다. 손에서 느껴지는 기름기에 거북한 표정으로 손을 바라보았다.

'아, 그러고 보니 귀족들은 손으로 음식을 집어 먹는 건 야만적이니 반드시 도구를 사용한다고 했나?'

'귀족 예법'이란 책의 구절이다. 호기심에 읽어 보기는 했는데, 귀족들은 참 피곤하게 살고 있다고 생각이 들 정도로 답답한 규칙이 많이 있었다. 아마 황실은 귀족들보다 규칙이 엄하지 않을까 싶다.

급하게 도전할 필요는 없고, 시간이 지나면 자연스럽게 이해하고 거북해하지 않을 테니 천천히 시도하게 해 주기로 하고서 손을 들었다. 그가 손을 들자 점원이 다가왔다.

"저기 죄송하지만 포크와 나이프를 주실 수 있나요? 친구가 뜨겁다고 먹기 힘들어하네요."

"네, 알겠습니다."

"……?!"

엘리즈가 배신감 어린 표정으로 그를 바라보았다.

\* \* \*

콜로세움. 몬스터 서커스가 한창 진행 중이고, 마지막을 장식할 오우거가 드디어 등장했다. 오우거의 등장에 관중들이 순식간에 감탄을 쏟아 냈다.

"안녕, 데니!"

우리에서 나온 오우거는 한 바퀴 빙 둘러 보았다. 없다. 도대체 그녀는 어디 있는 걸까? 그런데 그 사람이 보여 준 그림의 인간 암컷은 어떻게 생겼더라?

지능이 낮은 오우거는 벌써부터 그림에 그려진 인간 암컷의 생김새를 떠올리기 힘들어졌다. 다시 보거나, 실제로 만나면 알아볼 수 있을 것 같은데, 이제는 가물가물할 지경이다. 그러고 보니 자신이 왜 그 인간에게 이렇게까지 복종해야 하는지 의문이 들었다. 그 자는 분명 처음 봤는데, 왜 따라야 할까? 머리가 뒤죽박죽이지만, 꼭 따라야 한다는 강박관념이 생겨나 있었다. 따르지 않으면 안 될 것 같은 기분이다.

자신이 왜 이러는 것인지 복잡하지만, 깊게 생각하지 않기로 했다. 그저 하고 싶은 대로 하면 되는 것이다.

"데니, 안녕!"

다시 한 번 인사하는 광대. 오우거가 한쪽 손을 들며 인사했다.

"크워."

오우거가 인사를 받아 주자, 관중들이 더욱더 신기한 듯 바라본다. 오우거는 다시금 관중석을 살피며 그림에 있던 인간 암컷이 있는지 확인한다. 확인해 봤지만 없다. 이곳에 오지 않았는지 냄새조차 안 났다.

오우거가 부들부들 떨었다. 지금까지 쭉 참아 왔는데, 그 인간 암컷이 보이지 않는다. 그 사람이 인간 암컷을 죽여 준다면 매일 예뻐해 준다고 했다. 하지만 만약 그녀를 찾지 못하고 죽이지 못한다면 자신은 어떻게 된다는 말인가. 그 뒷일이 어떻게 될지 모르지만 불안하다. 하지 않으면 안 될 것이라는 생각이 머리 가득 자리 잡힌다.

근데 어쩌지? 어떻게 생겼는지 잘 안 떠오르는데. 아, 한 가지 생각났다. 털색이었다. 인간의 머리에 난 수북한 털의 색깔은 정말 다양하다. 그중 그림에 나오는 색과 비슷한 인간들이 이곳에 가득 깔려 있다. 비슷한 머리색을 찾아 아무나 해치우면 되겠지 생각했다.

그래, 나를 위해서. 그 인간에게 사랑을 받기 위해서. 이제 더는 못 참는다. 그 인간 암컷을 얼른 죽이고 싶다. 죽여서 인간을 먹어 보고 싶다. 그래, 전부터 궁금했다. 인간에게서는 왜 그렇게 맛있는 냄새가 나는지. 직접 먹어 보면 어떤 맛일까?

"데니? 왜 그러니?"

일단 자꾸 앞에서 알짱대는 인간 수컷이 너무 거슬린다.

오우거가 손으로 광대를 움켜쥐었다.

"데니? 데니, 왜 그래?"

광대는 예정에 없는 오우거의 돌발행동으로 인해 당황했다. 오우거는 광대를 뚫어지게 바라보더니 냄새를 맡다가 입에 가져갔다.

와작!

그리고 듣기 불쾌한 소리가 장내를 울렸다.

오우거의 입으로 들어간 광대. 이 광경에 시끌시끌했던 관중석이 순간 침묵에 감싸였다. 다들 무슨 일이 벌어진 것인지 넋을 잃고 이 광경을 바라보았다.

와작와작. 꿀꺽!

"크워어~!"

맛있다! 인간이 이렇게 맛있다니. 그동안 왜 이런 최고의 먹이를 몰랐을까.

오우거는 입이 피범벅이 된 채 다시 콜로세움을 쭉 둘러보았다. 그러고 보니 여긴 전부 인간들밖에 없다. 맛있는 먹이가 이렇게 잔뜩 몰려 있다니. 인간 암컷이 부드럽고 야들야들한 게 더 맛있어 보인다.

"자, 잡아 먹었…… 어?"

관중들도 지금 이게 무슨 일인지 사태를 파악했다. 이건 분명한 사고였다. 녀석의 주위로 방금 전까지 공연을 하던 광대의 피가 콜로세움 바닥을 빨갛게 물들이고 있었다. 공연장 안에 있던 몬스터들은 그 냄새를 맡고 오우거 근처로 다가와 피를 핥았다. 지금까지 인간의 맛을 전혀 몰랐던 서커스단 몬스터들의 눈빛이 야생의 것으로 살아나기 시작했다.

"도, 도망쳐!"

사태를 빨리 파악한 이들이 소리치자 관중들이 비명과 함께 콜로세움 밖으로 달아나기 시작한다. 몬스터들은 그 모습을 보고 눈빛을 빛냈다. 인간들이 등을 돌리고 도망치는 것을 본 몬스터들. 녀석들은 그 광경을 보고 지금까지 느껴 본 적 없는 먹이 사냥이라는 본능에 불을 지피고야 말았다.

\* \* \*

"발렌, 너무했어."

술집에서 간단하게 먹고서 엘리즈는 그를 바라보며 뚱한 표정을 짓고 있었다. 포크와 나이프를 받을 수 있음에도 그렇게 하지 않았다고 오해하는 바람에 뚱해진 것이다. 발렌은 머리를 긁적이며 사과했다.

"미안. 그때 생각도 못 했어."

그가 빠르게 사과하니 엘리즈도 쉬쉬 넘어가는 분위기였다.

'그러고 보니 지금쯤은 오우거가 나를 죽였을 때네.'

지금 콜로세움은 어떤 난리가 나고 있을까. 이 난리를 외면해야 하는 자신이 참으로 이기적으로 보였다. 엘리즈를 지키기 위해서 오우거와 최대한 떨어져 있어야 했다. 그러나 그가 할 수 있는 건 거기까지였다.

경비병들에게 오우거가 소동을 피울 테니 안전을 위해 사람을 배치시켜야 한다고 말해도 비웃음 당하며 문전박대할 게 뻔했다. 아니, 애초에 경비병들을 배치시켜도 문제는 있다. 오우거를 잡으려면 그만큼 실력 있는 자들을 선발해서 배치시켜야 하는데, 오러 혹은 무투기를 배우지 못한 일반 병사들이 오우거를 잡을 수 있을 리 없었다. 오우거의 가죽은 두꺼워서 오러가 아니면 쉽게 벨 수 없다고 하지 않던가. 오히려 이것도 경비병에게 피해를 입히는 행위이다.

'오우거를 잡으려면 최소한 기사들을 내보내야 한다는 소리인데…….'

기사들은 기본적으로 무투기와 오러를 동시에 배운 자들이다. 바올라 제국의 기사들은 변방 영지에 있는 기사들까지 오러는 몰라도 무투기는 반드시 배워야 한다는 규칙이 있었다. 바올라 제국이 건국될 수 있었던 원동력이 바로 무투기이기 때문이다. 건국된 지 천 년이 지난 지금까지 그 전통이 이어져 내려오는 것이다.

'일단 황실 근위병과 기사들은 기본적으로 오러와 무투기를 배우고 있다. 그들이 재빨리 출동한다면 충분히 막을 수 있을 법한데…….'

다만 대축제인 만큼 인파도 어마어마하다. 기사들이 소식을 접하자마자 출동해도 길거리에 가득 있는 사람들 때문에 도착까지 꽤 오랜 시간이 걸릴 것이다. 이런 날 하필이면 오우거가 소동을 피우다니. 정말이지 누군가가 노린 것처럼 딱딱 들어맞는 기분이었다.

"꺄아아악!"

갑작스러운 비명 소리와 사람들이 밀치는 것에 발렌이 독백에서 벗어나 현실을 바라보았다. 엘리즈를 바라보니 그녀의 얼굴이 창백해져 있었다.

"바, 발렌."

"왜 그래?"

"저기…… 저기 좀 봐 봐."

엘리즈가 손가락으로 뒤를 가리킨다. 발렌은 그녀가 손가락으로 가리킨 곳으로 시선을 돌렸다. 그리고 경악했다.

"크워어어어!"

오우거가 괴성을 토해 내며 길을 내달리고 있었다.

'저, 저놈이 왜 여기에 있어?!'

발렌의 동공에 지진이 일어난 듯 쉴 새 없이 떨렸다. 콜로세움에서 소동을 일으킨 것까지는 그렇다 쳐도, 설마 밖으로 나올 줄이야! 이곳은 콜로세움에서 멀리 떨어진 곳이다. 그런데 오우거가 이곳까지 올 줄은 상상도 못했다.

"크워?"

오우거의 살벌한 시선과 마주쳤다. 발렌의 머리는 여전히 혼란스럽기 짝이 없었다. 녀석은 뭔가 냄새를 맡은 듯 코를 벌름거렸다. 그러나 발렌은 가만히 있을 생각이 추호도 없었다. 녀석의 발걸음이 이쪽으로 향하고 있었다.

"리즈, 뛰어!"

발렌이 그녀의 팔목을 붙잡고 뛰기 시작했다. 그 뒤로 오우거가 바짝 쫓아왔다. 움직임은 둔해 보이지만, 덩치가 큰 만큼 보폭이 커 인간들보다 빠르게 다가오고 있었다. 게다가 평소에 운동을 착실히 하는 편이 아닌 발렌은 금세 지쳤다. 반면 엘리즈는 아직까지 괜찮아 보였다.

황성은 정해진 일과대로 움직이는 곳이다. 비록 검보다 마법에 훨씬 재능이 뛰어난 엘리즈이지만, 바올라 제국의 황실은 옛날 기사 가문이었다. 그 때문인지 재능이 있든 없든 검술은 필수과목으로 들어간다는 모양이다. 거기다 체력 단련도 당연 필수였다. 그 덕분에 체력적으로는 발렌보다 엘리즈가 뛰어나지만, 그래도 마찬가지다. 언제까지 도망칠 수는 없다. 체력은 오우거가 우세할 것이다. 금방 따라잡히느냐, 나중에 따라잡히느냐의 차이일 뿐이다.

"크워어어어!!"

오우거의 괴성과 쿵쿵거리는 진동이 가까워진다. 머리를 계속 굴리던 발렌은 자신의 손에 끼워진 아티팩트에 시선을 향했다. 탑주가 준 아티팩트와 프리실라가 보답이라며 준 아티팩트. 그래, 이거면 어느 정도 시간을 늦출 수 있을 것이다. 그가 소리쳤다.

"포그(fog)!"

그들의 주변으로 순식간에 안개가 끼었다. 녀석은 갑작스러운 안개에 깜짝 놀란 듯 자리에 멈춰 섰다. 그리고 안개가 걷힐 때 이미 그들은 사라지고 없었다.

"크워어어!"

오우거가 잔뜩 약이 오른 듯 괴성을 지르며 다시 그들을 추적하기 시작했다.

'뭐야, 도대체!'

제2 황녀를 지켜라. 라는 임무가 내려졌기에 콜로세움에 가지 않으면 될 것이라 생각했다. 딱히 오우거를 잡으라거나 한 것은 아니니까. 그러나 이게 웬 걸? 오우거가 밖에 나와 도시에서 난동을 부리고 있었다. 수많은 사람들이 비명을 지르며 달아나고, 오우거는 이에 더욱 흥분해 도시를 파괴하고 다니기에 이르렀다. 노점상들은 팔 물품을 가지고 갈 생각도 못 하고 몸만 황급히 피하고 있었다.

"리즈, 이리 와!"

발렌이 그녀의 팔을 잡아 몸을 골목 틈 사이에 숨기며 고개만 살짝 내밀어 동태를 살폈다. 오우거는 여전히 거리에서 소동을 일으키고 있었다. 순찰을 돌던 경비병들이 무기를 꽉 쥔 채 뒷걸음질 치고 있는 모습도 보였다. 용기 있는 경비병 한 명이 창으로 힘껏 오우거를 찔렀으나, 녀석의 몸에 생채기 하나 내지 못했다. 오히려 날카롭게 벼려진 창이 부러져 경비병이 당황해하고 있었다.

퍽!

오우거는 자신을 공격한 경비병에게 시선도 향하지 않고 주먹을 휘둘렀다. 경비병은 오우거의 주먹에 맞고 날아갔다. 마치 눈앞에 있는 벌레를 보고 손사래 치는 듯한 모습이었다. 오우거와 맞닥뜨린 경비병들은 그 모습을 보고 무기를 버리고 황급히 달아나기 시작했다.

'저 녀석……'

발렌은 오우거가 자신이 책으로 본 것과 다르다는 걸 느끼고 있었다. 오우거는 인간을 좋아하는 먹이로 생각한다. 잘생기든, 못생기든, 뚱뚱하든, 말랐든 인간이면 사족을 못

쓴다고. 그러나 녀석은 마치 뭔가를 찾는 듯 주위를 둘러보다가 누군가를 발견했는지 손을 뻗어 뭔가를 잡아 올렸다.

"꺄아악!"

녀석이 손으로 집어 올린 것은 사람이었다. 금발의 여성. 오우거에게 잡힌 여성이 비명을 질렀지만, 구해 줄 수 있는 이는 아무도 없었다. 발렌도 마찬가지였다.

"발렌, 저 사람을 구해야 돼!"

엘리즈가 곧장 밖으로 나서려고 했지만, 발렌이 그녀를 붙잡고, 입을 틀어막았다.

"읍! 읍!"

"리즈, 나서면 안 돼!"

발렌은 엘리즈를 꽉 붙들었다. 마탑 소속의 마법사가 되었다지만 황녀의 신분인 그녀. 마음대로 그녀의 몸에 손을 댈 수 없지만, 지금은 그런 걸 따질 때가 아니었다. 절대로 그녀를 저 지옥 속으로 보낼 수 없었다. 그렇기에 이렇게 힘으로 그녀를 말렸다.

마법으로는 어쩔 수 없다 해도, 완력으로는 그녀보다 세니까. 그녀는 발렌에게서 벗어나려고 계속 발버둥 치고, 발렌은 그녀를 계속 붙잡아 놓으면서 상황을 살핀다. 녀석은 계속해서 사람들을 집었다. 발렌은 그 광경을 보고 있다가 뭔가 이상함을 느꼈다.

그는 녀석이 노리는 자들이 특정되었다는 것을 느낄 수 있었다. 일단 여자를 노렸다. 그리고 그중 금발의 여성만 노렸다.

일단 여성을 잡아 놓고, 마치 얼굴을 확인하듯 바라보고, 코로 냄새를 맡는 오우거. 마치 특정인을 찾는 듯한 모습이다. 오우거는 냄새를 맡다가 아니다 싶으면 곧 입을 벌려 먹어 치우거나 어딘가로 던져 버렸다. 그런데 이번에 날아오는 방향이 썩 좋지 못했다.

녀석이 던진 여인이 그들이 숨어 있는 모퉁이 쪽으로 날아온 것이다. 그 때문에 발렌과 엘리즈가 형체를 알아볼 수 없는 시체를 바로 옆에서 목격해야 했다. 엘리즈와 발렌의 동공이 커진다.

'젠장!'

발렌이 시선을 돌리고 손으로 그녀의 눈을 가렸다. 상당히 충격적인 광경에 심장이 크게 뛰었다.

다그닥! 다그닥!

멀리서 말발굽 소리가 들려오고 있었다. 이 사태를 알게 된 근위 기사와 근위병들이 드디어 오는 모양이었다. 그들이 온다면 이 사태도 끝날 것이다. 사람들의 피해는 많지만, 무사히 그녀를 지켜낼 수 있을 것이다.

'모두를 구할 수는 없어.'

재앙이 벌어졌지만, 발렌은 모두를 구할 힘이 없다는 걸 잘 알고 있다. 여기서 갑자기 보나바르의 저주가 사람들까지 구하라고 말을 바꾸면 곤란하겠지만, 지금 당장은 괜찮지 않은가. 그래, 지금은 임무에 충실하자. 그녀만 지키면 이번 임무는 끝난다. 근위 기사와 근위병들이 녀석을 죽여주기만 하면 무사할 수 있을 테니까.

"바인드!"

엘리즈의 눈을 손으로 가려 그녀의 입이 풀린 상황이었다. 엘리즈가 마법으로 발렌의 몸을 포박했다. 순식간에 제압당한 발렌. 그리고 그녀가 일어났다. 엘리즈는 원망스러운 표정으로 발렌을 내려다보고 있었다. 아마 몇 명의 목숨을 구할 수 있는 기회를 그의 방해로 놓쳤기에 그런 얼굴로 그를 내려다보고 있는 것이리라. 그러나 발렌은 그것까지 생각할 겨를이 없었다. 그녀의 원망을 받는다 하더라도, 그는 그녀를 지켜야 할 이유가 있으니까.

"리즈, 가면 위험해! 멀리서 근위병들이 오고 있는 소리가 들려! 조금만 참아! 위험하게 혼자 가지 마!"

"너의 뜻은 잘 알아, 발렌. 하지만 위기에 처한 백성들을 못 본 척 할 수 없어!"

엘리즈는 발렌에게 시선을 주지도 않고 곧장 오우거를 향해 뛰쳐나갔다.

"리, 리즈! 돌아와!"

콰앙! 쾅!

들려오는 폭발음과 오우거의 괴성. 발렌이 포박된 몸으로 기어서 힘들게 모퉁이로 고개를 내밀 수 있게 되었다. 그리고 오우거와 정면에서 맞서고 있는 엘리즈를 볼 수 있었다.

"파이어 볼! 라이트닝 애로우!"

엘리즈는 자신이 쏟아낼 수 있는 공격 마법으로 오우거를 공격했다. 그러나 오우거는 그녀의 공격에 맞고도 너무 멀쩡하게 다가오고 있었다.

'맞다, 몬스터 도감에서 오우거는 위저드급 마법사 여럿이 아니면 상대하기 힘들다고 들었어!'

왜 그런지 이제 알 것 같았다. 메이지의 막바지에 접어들어 위저드를 앞두고 있는 엘리즈지만, 그녀의 공격이 거의 유효하지 않아 보였다. 약간의 생채기도 내지 못하는 것을 보고 발렌은 기겁할 수밖에 없었다.

당혹스러워하는 건 엘리즈도 마찬가지. 오우거에 대해 익히 들었지만 설마 자신의 마법이 전혀 통하지 않을 것이라고는 상상도 못했다.

"바, 바인드!"

녀석의 몸을 포박시키려는 엘리즈. 그러나 오우거는 마

나의 포박줄을 거미줄 치우는 것처럼 너무도 간단하게 풀어 버렸다. 엘리즈가 천천히 뒷걸음질을 쳤다. 그러나 그녀는 곧 벽과 등이 닿았다. 도망칠 곳이 없었다. 그녀의 얼굴에 공포가 깃들었다. 도시를 밝히던 불빛들이 녀석의 몸에 가려져, 그림자가 엘리즈의 온몸을 가린다. 결국 오우거가 그녀의 앞에 섰다. 엘리즈가 두려운 얼굴로 오우거를 올려다보았다. 오우거가 주먹을 높이 들었다. 저 주먹에 맞으면 어찌 될지 안 봐도 뻔했다.

"리즈! 위험해!"

그가 소리치는 순간, 그의 주머니에서 빛이 터져 나왔다.

쫘악!

그의 몸을 속박하고 있던 바인드 마법이 순식간에 찢겨졌다. 발렌은 바인드 마법이 찢겨지기 무섭게 곧장 그녀에게 내달렸다. 그리고 그녀를 끌어안으며 넘어뜨렸다.

쾅!

녀석의 주먹이 벽을 무너뜨렸다. 엘리즈가 화들짝 놀라며 그를 바라보았다.

"바, 발렌?"

분명 그를 포박시켜 놓았을 텐데, 어째서 그가 바인드를 풀고 자신을 구할 수 있었을까 라는 의문이 들었다. 그러나 발렌은 그것에 신경 쓰지 않았다. 곧이어 녀석이 주먹을 들어 올렸기 때문이다.

"쉴드(Shield)!"

발렌이 탑주에게서 받은 아티팩트로 쉴드를 외쳤다. 그러자 그의 앞에 반투명한 막으로 된 방어막이 생성되었다.

쨍그랑!

그러나 그가 만들어 낸 쉴드는 허무하게 산산이 부서졌다. 녀석의 주먹이 쉴드를 유리처럼 박살 내버린 것이다. 그러나 쉴드는 녀석이 휘두르는 주먹의 궤도를 약간 빗나가게 해 주었다. 그가 재빨리 일어나 그녀를 끌고 가려고 하는데, 인상을 찌푸릴 수밖에 없었다.

'윽! 하필 이럴 때.'

방금 전 그녀를 구하다가 발목이 꺾여 접질린 것 같았다. 힘이 들어가질 않았다. 오우거는 자신을 방해하는 발렌과 원래 목표였던 엘리즈를 양손으로 하나씩 붙잡아 들어 올렸다.

"바, 발렌!"

엘리즈가 손을 뻗었지만, 그 손이 닿지 못했다.

"이거 놔! 이거 놓으란 말이야!"

그녀가 발버둥을 쳤다. 마찬가지였다. 나무를 뿌리째 뽑을 수 있는 몬스터에게 붙잡힌 이상 평범한 인간이 벗어날 수 있을 리 없었다. 오우거는 발렌과 엘리즈를 번갈아 보았다. 마치 간식을 뭐부터 먹을지 고민하는 꼬맹이 같은 모양새였다. 그러나 오우거는 그냥 양쪽 다 한 번에 먹기로 한 듯 입을 벌렸다. 이대로 산채로 먹을 생각인 것 같았다. 녀석의 새빨간 이빨이 눈에 들어왔다. 엘리즈의 얼굴이 사색으로 변했다. 반면 발렌은 불쾌함밖에 없었다.

'이번에는 산채로 먹히면서 죽는 거야?'

발렌이 다 포기한 듯 눈을 감았다. 얼른 죽고 막시프의 마법서에 발등을 찍혀 통증이 오기를 기다리는 그때였다.

콰아아앙!

거대한 폭발음이 지천을 뒤흔들었다. 갑작스러운 굉음이 귀를 강하게 때리자 귓속에서 이명이 울렸다.

"도대체 무슨 일이……."

발렌이 멀뚱멀뚱 정면을 응시했다. 주변에 흙먼지가 자욱하게 꼈다. 무슨 일이 일어난 건지 파악하기 쉽지 않았다. 차가운 바닥이 만져졌다. 분명 오우거에게 붙잡혀 들린 상태였는데, 왜 땅바닥에 손이 닿는 건지 이해하지 못한 그 순간이었다.

"무슨 소란인가 와 봤더니 이런 대소동이 벌어졌을 줄이야."

낯설지 않은 목소리가 그의 바로 뒤에서 들려왔다. 발렌과 엘리즈가 동시에 뒤를 바라보았다.

"오, 오라버니?!"

엘리즈의 뒷덜미를 잡고 있는 이가 있었다. 셋째인 아루스였다. 그리고 발렌의 뒷덜미를 잡고 있는 노인도 함께 있었다.

"오우거에게 함부로 나서다니. 무모해도 정도가 있지 않느냐? 내 위험한 일은 함부로 나서지 말라고 가르쳤거늘."

"스승님!"

"탑주님?!"

노인은 엘리즈의 스승이자, 세인브리트 마탑의 탑주였다. 발렌은 살았다는 안도감보다 언제 나타났는지 모를 그들을 멀뚱멀뚱 바라보기만 했다. 그 의문은 곧장 이어진 아루스의 말에 풀어졌다.

"텔레포트로 오길 잘한 것 같습니다, 탑주님."

아루스와 탑주는 근위병들보다 먼저 도착했다. 오우거를 피해 달아나는 인파 때문에 이동하기가 쉽지 않아 탑주가 아루스와 함께 텔레포트를 타고 이곳에 온 것이다.

"조금만 늦었어도 큰일 날 뻔했습니다, 전하. 제 제자도 그렇지만 이 사서에게 마법을 가르치라는 황제 폐하의 명을 아직 제대로 시작도 못했는데 이행하지 못할 뻔했습니다."

탑주는 수염을 쓸어내렸다. 엘리즈는 그들이 나타나자

사투 43

기쁨과 안도의 눈물을 흘렸다. 반면 죽음의 공포가 많이 무뎌진 발렌은 멀뚱멀뚱 바라볼 뿐이었다.

"크워어어!"

또다시 오우거의 괴성을 들어야 했다. 흙먼지 사이로 오우거가 다시 비틀비틀 일어나는 것이 보였다. 언뜻 녀석이 화상으로 가득하다는 것을 엿볼 수 있었다.

"허허, 역시 사람의 손에서 사육된 놈이라도 오우거는 오우거다 이건가?"

탑주는 여유를 보이면서 여전히 웃어 보였다.

"크워어어어!"

오우거가 주먹을 휘둘렀다. 탑주는 담담히 녀석의 주먹을 바라보며 짧게 중얼거렸다.

"앱솔루트 쉴드(Absolute Shield)."

쾅!

오우거의 주먹이 탑주가 만들어 낸 방어막에 막혔다. 아티팩트로 생성된 것보다 훨씬 견고하고, 단단해 보이는 방어막. 그때 아루스가 앞으로 빠르게 나서며 대지를 박차고 도약했다. 그의 몸에서 금색의 빛이 떠돌아다니는 것이 보였다. 발렌은 그것이 곧 무투기라는 것을 짐작할 수 있었다. 그러나 한 가지 의아한 게 있었다. 무투기는 공통적으로 시전자의 몸 주변에 푸른색 빛이 떠돌아다닌다. 마나가 방출되며 몸에 영향을 주면서 발산되는 것인데, 일반인들의 눈에도 그 움직임이 보이는 것이다. 하지만 아루스는 푸른색이 아닌 금색을 띠고 있었다. 직접 두 눈으로 보고, 책으로도 접한 무투기 중 금색 빛을 띠는 무투기는 없었다. 아루스의 검에도 금색으로 이루어진 오러가 떠올랐다.

촤악!

그의 검이 단숨에 오우거의 팔을 지나쳤다. 녀석의 팔에 선혈이 그어지며 피가 분수처럼 터져 나왔다.

"크워어어어!"

녀석이 괴성을 지르며 고통스러워했다. 아루스의 일검에 녀석의 팔이 베어진 것이다. 엘리즈가 아무리 마법을 쏘아 대도 생채기 나지 않던 녀석의 팔을 절단시켜 버리다니. 보고도 믿을 수 없는 일이었다.

"블링크(Blink)."

탑주가 작게 읊조리는 말과 함께 갑자기 사라졌다. 그가 나타난 곳은 바로 오우거의 어깨 위였다. 탑주의 손에 얼음과 함께 차가운 냉기가 모이고 있었다.

"아이스 프리즌(Ice Prison)."

한겨울처럼 차가운 냉기가 퍼졌다. 녀석의 발 주위로 살얼음판이 만들어지고, 녀석의 발목이 꽝꽝 얼었다. 어찌나 단단하게 얼었는지, 녀석이 움직이지 못했다. 탑주가 녀석의 어깨를 박차고 다시 땅에 내려오더니 아루스에게 정중히 고개를 숙였다.

"황자 전하. 오우거를 쓰러뜨릴 수 있는 명예를 취하시옵소서."

"탑주님께서 하시지 않으시고요?"

"허허, 제 마법으로 오우거를 쓰러뜨리면 이곳 일대가 파괴되옵니다."

오우거를 쓰러뜨리기 위해서는 강력한 마법을 사용해야 하는데, 탑주는 이를 염려한 것이다. 인적이 없는 곳도 아닌데 큰 마법을 쓰면 인명 피해는 물론 재산 피해까지 발생하기 때문이다. 차라리 큰 범위를 파괴하지 않고 쓰러뜨릴 수 있는 아루스에게 맡기는 게 나았다.

"전 그저 제 제자들이 크게 다치지 않은 것만으로 만족하려 하옵니다."

"알겠습니다, 탑주님."

아루스는 거절치 않고 고개를 가볍게 주억였다. 그의 검에 또다시 금색 빛이 터져 나오기 시작했다. 오우거가 이를 보고 발버둥을 쳤지만, 소용없는 짓이었다. 아루스의 검이 곧 녀석의 목을 스쳐 지나갔다.

오우거의 목에 선혈이 그어지며 곧 떨어져 나간다. 오우거의 거대한 몸이 뒤로 쓰러지며 땅을 다시 한 번 울렸다.

아루스는 검에 묻은 피를 털어 내며 허리춤에 다시 찼다.
 '머, 멋있다…….'
 너무도 간단하게 오우거를 쓰러뜨린 둘을 넋을 놓고 바라봤다.

## Chapter 02
# 이바나 디 엘로이

&lt;연금술사&gt;

'마법으로 돌멩이를 금으로 만들 수 있지 않을까?'라는 사람들의 궁금증에서 시작된 것이 기원. 현대에 이르러서는 마법학에 조예가 깊은 이들이 마법에만 안주하지 않고, 과학적인 해석도 합쳐지면서 첫 시작과 궤를 달리하게 되었다. 신기한 물품을 만들어 내 세상을 놀라게 만드는 일이 종종 있다. 나라마다 인식은 다르지만 대부분 배척하는 편이다.

―『대륙의 직업』中 발췌―

\* \* \*

　오우거로 인해 대축제는 암울한 분위기 속에서 마쳤다. 피해 때문에 황실에서 대축제 내내 벌어지는 연회도 그날을 기점으로 끝나 버렸고, 수도에 왔던 상인들이나 노점상들도 암울한 분위기 때문에 자연스럽게 해산하고 있었다. 순식간에 애도 분위기가 조성되었다.

　오우거로 인해 수도에서 발생한 인명 피해가 상당했다. 또 오우거만 문제가 아니었다. 몬스터 서커스에서 풀려난 몬스터들도 전부 흩어져 사람들에게 해를 가한 것이다.

　오우거를 제외하고 나머지 몬스터는 경비병들이 해치울 수 있었다. 다행이라면 오우거 다음으로 덩치가 크고 흉포한 그레이트 울프는 소동을 일으키지 않고 우리 속으로 들어갔다는 것이다. 그레이트 울프는 야생성을 완전히 잃어 인간을 공격하지 않은 것이다. 그레이트 울프까지 소동을 일으켰다면 더 큰 피해를 입을 뻔했다.

　어제 하루의 소동으로 인해 56명이 사망 혹은 행방불명되었으며 많은 이들이 부상을 입거나 의식불명 상태였다. 이 대부분의 피해가 오우거 한 마리로 인해 일어난 일이다. 이 때문에 몬스터 서커스단의 관계자들을 체포, 피해 보상을 요구하는 것과 함께 이런 소동이 일어나게 된 경위를 조사를 하는 중이었다. 관계자들에게 엄중한 책임을 묻는 것과 함께 이 서커스단은 어느 국가에서도 공연을 하지 못할 것이다. 아니, 이 여파로 다른 몬스터 서커스단도 피해가 갈 수밖에 없을 것이다.

'뭐, 이제는 나와 상관없는 일이지만.'

제때 나타난 탑주와 아루스 덕분에 발렌은 몇 번이나 리셋을 거치지 않고 바로 임무를 완수하여 이튿날로 갈 수 있었다.

"별로 다치지 않은 건 좋은 일이긴 한데······."

오우거를 상대로 발을 접질린 건 정말 다친 축에도 들지 못했다. 거기다 약간의 시일이 지나자 거의 나았다. 그래도 걸을 때마다 느껴지는 통증은 불편했다. 뛰지는 못하지만 걸을 수 있다는 건 다행이다. 시간만 지나면 다시 뛰는 것도 가능할 것이다.

문이 열리는 소리가 들려 엘리즈가 이 시간에 웬일로 왔을까 싶어 입구를 바라보았다. 하지만 도서관에 온 사람은 엘리즈가 아니었다. 이제 막 약관이 되었을까. 어린 나이로 보이는 여자 마법사가 멍한 표정으로 도서관에 발을 들인 것이다.

'누구지?'

처음 보는 마법사였다. 살짝 음산해 보이기도 했다. 제이프는 잠깐 시선도 주지 않고 자신의 일을 충실히 하고 있었다. 바빠서 신경을 못 쓰는 건지, 그냥 무시하고 있는 건지 모르겠다. 제이프도 어지간해서는 이곳의 마법사들과 엮이지 않으려는 편이었다. 그 마법사는 도서관에 들어오고서는 의자에 앉더니 책상에 머리를 박았다. 그리고 미동도 없었다.

'……뭐지?'

마치 쥐 죽은 듯 그냥 책상에 머리를 박고 가만히 있는 마법사. 발렌이 제이프를 바라보았다. 제이프는 그 마법사에게 잠깐 시선을 향하더니 자신의 할 일을 마저 하기 시작했다. 일부러 시선을 피하는 것처럼 느껴지기도 했다. 하는 수 없이 발렌이 마법사에게 향하는데…….

"발렌."

제이프가 그를 불러 세웠다. 발렌이 그를 향해 뒤돌아보자, 제이프가 한 마디만 했다.

"조심해라."

"……?"

갑자기 뭔 소리인지…… 오우거의 일 때문에 많이 예민해진 건가 싶어, 발렌은 걱정 말라는 듯 미소를 지어 주었다. 그러나 제이프는 표정을 거두지 않았다. 발렌은 곧 마법사의 옆에 도착하고 조심스럽게 물었다.

"저, 실례지만 무슨 일로 오셨는지요?"

정중한 물음. 마법사는 그가 있는 쪽으로 고개를 살짝 돌렸다.

"딱히 책 읽으려고 온 건 아니야. 더워서 여기에 조금만 있을게."

"……."

9월의 낮은 여전히 덥다. 하지만 세인브리트 마탑 도서관 내부는 여름에는 시원하고, 겨울에는 따뜻한 곳이었다. 그 때문인지 가끔씩 더위나 추위를 피하려고 도서관에 오는 이도 심심찮게 있었다. 그게 마법사들이 아니라 이곳에서 일하는 사람들이라는 게 문제지만.

엘리즈를 제외하고 마법사들은 덥든 춥든 도서관에 오는 경우가 거의 없기 때문이다. 온다고 하더라도 3층 도서관에서 잠깐 책을 들여다보다가 다시 돌아가기 일쑤였다. 마법사가 덥다는 이유로 도서관에 온 건 처음 보는 광경이었다.

'뭐…… 쉬러 온다고 해도 상관할 건 아니긴 하지만…….'

도서관은 책을 읽는 공간이지만 시끄럽게만 하지 않는다면 상관하지는 않았다. 그래도 책 읽는 곳에서 이렇게 축 처져 있는 모습을 보는 건 좀 그랬다.

이바나 디 엘로이

"2층에 테라스가 있는데, 그곳에 가시는 건 어떠신가요? 그곳은 시원해요."

다행히 도서관에는 쉴 수 있는 공간이 있었다. 2층 테라스는 바람도 잘 불고, 그늘까지 져서 꽤 시원하다. 쉬기에 적절한 장소였다. 그녀가 귀찮은 표정을 지었지만 고개를 주억이며 자리에서 일어났다. 그리고 주변을 둘러보다가 입을 열었다.

"안내해 줘. 여기 너무 복잡해."

뭐 이런 어린애 같은 투정을…… 그러나 도서관이 복잡하다는 건 발렌도 인정하는 바였다. 잡다한 책들이 많은 만큼 책장의 수도 꽤 되기에 복잡할 수밖에 없는 것이다. 미로만큼은 아니더라도 확실히 헤맬 수 있는 곳이었다. 발렌은 하는 수 없이 그녀를 안내해 주기로 했다.

'발목 아프다.'

발렌은 그녀를 안내해 주다가 발목에 느껴지는 통증을 못 참겠는지 잠시 멈춰 섰다. 그가 멈춰 서고 한쪽 손으로 몸을 지탱하며 발목을 부여잡자 그녀가 물었다.

"왜 그래?"

"제가 며칠 전에 발을 접질려서요. 걸으면 통증이 심해지거든요. 조금만 기다려 주시겠어요?"

발렌이 잠시 양해를 구하자 그녀가 자신의 품을 뒤지기

시작했다.

"자, 받아."

마법사가 그에게 뭔가를 던져 주었다. 초록색 액체가 들어 있는 플라스크 병이었다.

"마셔. 내가 만든 포션이야."

"포, 포션이요?"

발렌이 화들짝 놀랐다. 포션은 아무리 최하급이라고 해도 골드 단위가 넘는 까닭이다. 그 이유는 외상과 내상의 회복력이 매우 뛰어나기 때문이다. 족히 한 달은 요양해야 할 중상도 며칠이면 싹 낫게 해 주는 것이 포션이다. 최상급 포션은 하루 이틀이면 상처를 완전히 아물게 해 주고, 엘릭서는 더 말할 것도 없었다.

고작 발을 접질렸다고 포션을 주다니. 발렌이 의아한 시선으로 그녀를 바라봤다. 그러나 그녀는 얼른 마시라며 손짓했다.

'마법사들도 사람이긴 한 모양이네.'

자신의 일 외에는 몰인정해서 사람 같지도 않다고 느꼈는데, 전부 그런 것은 아닌 모양이다. 일면식도 없던 사람에게 포션을 냉큼 건네주는 모습을 보고 발렌이 감동하며 감사히 포션을 마셨다. 맛은…… 썩 좋지는 못했다.

"어때?"

"비리네요."

보통 비린 게 아니었다. 하마터면 입에 넣자마자 토해 낼 뻔했다. 그래도 간신히 입을 틀어막고 마시기는 했다. 그런데 갑자기 빈혈이 일어났다. 머리가 어질어질 거리자, 속도 함께 메스꺼워졌다.

"어? 왜 이렇게 어지럽지?"

마치 마차에 오래 탄 것처럼 멀미마저 나고 있었다. 그가 괴로워하자 그녀가 안경을 고쳐 썼다.

"흠…… 트롤의 피가 중화시킬 거라 생각했는데, 역시 엔티어의 피는 완전히 중화시키지는 못한 모양이네. 엔티어의 독에 중독되었을 때랑 비슷한 증상이 보이는구나."

흥미로운 연구 결과를 얻었다는 듯 그녀가 뭔가를 기록한다. 발렌은 그 모습을 보고 멍한 표정으로 그녀를 바라보다가 퍼뜩 정신을 차렸다.

'잠깐, 나 실험당한 거야?! 엔티어의 피로?!'

엔티어는 호수 근처에서 서식하는 놈인데, 외형은 개미를 닮았고, 물고기처럼 비늘을 가진 몬스터였다. 그리고 엔티어의 피는 사람에게 유해한 독성을 지니고 있으나 그 피가 약재로 쓰인다고 한다. 하지만 그것도 가공한 소량을 약재로 쓰는 거지, 가공하지 않았을 때는 유해한 독일뿐이었다.

'내 감동 물어내!'

뭘까 이 엄청난 배신감은. 발렌은 어떤 표정을 지어야 할지 모르겠다는 듯 그녀를 바라보았다.

"자, 이거 마셔."

"……."

발렌은 못 미덥다는 듯 그녀를 바라보았다. 초면인 사람에게 자신이 만든 실험물을 실험하다니. 당연히 그녀에 대한 첫인상이 좋지 않을 수밖에 없었다. 그리고 도서관장이 조심하라고 했던 이유를 이제야 알 것 같았다.

"이건 이미 실험 결과가 있는 거니까 걱정하지 말고. 메스꺼움이 사라질 테니까 마셔도 돼."

"……."

그래도 신용이 가지 않는 표정으로 바라보는 발렌. 그러나 메스꺼움은 계속 더해져 하는 수 없이 그녀가 준 또 다른 정체불명의 액체를 마셨다.

이번에는 정말이었는지, 순식간에 어지러움이 사라졌다. 어지러움이 가시자 발렌은 살 것 같은 표정을 지었다. 그녀는 그에게 물었다.

"발목은 어때?"

"발목이요?"

그러고 보니 통증이 가라앉은 것 같았다. 아니, 정확히

이바나 디 엘로이 59

말하면 정말 싹 나은 것처럼 살짝살짝 느껴지던 통증도 사라져 있었다. 제자리에서 몇 번 뛰어도 통증은 전혀 느껴지지 않았다.

"싹 나았네요?"

발렌이 신기하다는 듯 그녀를 바라보았다. 그녀는 자부심 어린 표정으로 씩 웃었다.

"당연하지. 내가 만든 포션인데."

그러더니 곧 턱에 손을 짚었다.

"빈혈과 어지럼증은 유발해도 내 생각대로 포션의 효과와 효능이 일반 포션보다 빨리 온다는 건가? 독성만 어떻게 해결한다면 되겠는 걸?"

중얼중얼. 혼자서 중얼거리는 모습을 보며 이동해야 되나 말아야 하나, 그런 생각을 하는 발렌. 그러다가 문득 그녀가 물었다.

"그런데 어쩌다가 발을 접질린 거야?"

"대축제 때 좀 소란이 있어서요. 그때 접질린 거예요."

"대축제? 너 이름이 뭔데?"

"발렌시아라고 하는데요."

"발렌시아?"

그녀가 의외라는 표정으로 그를 뚫어지게 바라보았다. 그러더니 얼굴을 밀착해서 그의 얼굴을 세세히 보기 시작했다. 부담스러울 정도로 얼굴을 가까이 하자 발렌이 자신도 모르게 주춤주춤 뒤로 물러났다.

"왜 그러세요?"

"아니, 너에 대해 꽤 많이 들었거든. 가끔씩 식당에 가면 얘기도 들리고 말이야. 그러고 보니 사서로 일한다고 했었지?"

그녀는 빙긋 미소를 지으며 뒤로 물러났다. 발렌이 그제야 안도의 한숨을 내쉬며 놀란 가슴을 쓸어내렸다.

"난 이바나 디 엘로이라고 해."

'디 엘로이? 어디서 많이 들은 것 같은 성씨인데…….'

어디서 들었더라? 잘 생각나지 않는데 귀에 익은 걸 보면 유명한 가문의 자식이 아닐까 싶었다. 좀만 더 생각하면 떠오를 것 같은데, 이바나가 그의 팔목을 붙잡아 생각을 방해했다.

"마침 잘 됐다. 너 잠깐만 나 따라와라."

"예? 하지만 저 일해야 하는……."

"걱정하지 마. 내가 도서관장에게 잘 말할 테니까."

그러더니 막무가내로 발렌을 끌고 다시 1층으로 내려가는 이바나. 발렌은 영문도 모르고 그녀에게 이끌려 내려갔다. 그녀는 제이프에게 소리쳤다.

"도서관장님. 발렌시아 좀 빌릴게요."

제이프가 안쓰러운 표정으로 발렌에게 시선을 향하며 중얼거렸다.

"……조심해라."

'어째서?!'

의중을 모르겠다는 표정으로 제이프를 바라보았지만, 그는 애써 시선을 피했다. 발렌은 이바나에게 끌려 어딘가로 향했다.

\* \* \*

발렌이 이바나에게 이끌려 온 곳은 마탑 내부에 있는 그녀의 방이었다. 마법사의 방에는 처음 들어와 본 발렌. 생각보다 넓은 방이라서 더욱 놀라웠다. 다른 마법사들도 이런 곳에서 생활하는 건가 싶었다.

'난 고작 몇 평 안 되는 숙직실에서 생활하는데 말이지.'

30골드의 돈이 있지만, 세인브리트 마탑 근처에 집을 사기에는 턱없이 부족한 돈이다. 귀족들이 사는 저택들이 대다수라 값이 이만저만이 아니기 때문이다. 30골드로 살 수 있는 곳이라면 성 외곽 쪽인데, 거리가 상당했다. 숙소를 구하려면 구할 수 있지만 세인브리트 마탑과 너무 멀다. 그 때문에 그는 숙직실에서 생활하는 것이다.

발렌은 주변을 둘러보다가 플라스크 병에 담긴 액체들을 발견하고, 손가락으로 가리켰다.

"이건 뭐죠?"

"아, 그거는 실험물. 고농축한 발런 열매야. 독을 중화시킬 내 실험품이지. 내 추측으로는 맹독까지는 어찌지 못해도 가벼운 독 정도는 순식간에 해독시킬 거라고 봐. 물론 네가 먹은 포션에 들어간 엔티어의 피도 이걸로 중화시킬 예정이야."

"신기하네요. 정말 유용할 것 같아요."

"마법에 대해 잘 모르면서. 내가 만드는 물품의 가치를 제대로 알 수 있을 것 같아?"

말은 그렇게 해도 꽤 기뻐하는 것 같은 표정이었다. 그러나 발렌은 물품에서 시선을 떼지 않고 있어 그녀의 표정을 보지 못했다. 그는 주황색 빛을 띠는 플라스크 병에 담긴 액체를 바라보며 대답했다.

"물론 제대로 알지 못하겠죠. 하지만 아무것도 모르는 제가 봐도 대단하다는 것은 알겠는걸요?"

발렌은 여전히 신기하다는 듯 그녀가 만들어 낸 것들을 감상했다.

"근데 이 빛나는 돌멩이는 뭐죠?"

발렌은 알 수 없는 문자가 새겨진 빛나는 돌멩이를 집어

들며 물었다. 이를 보고 이바나가 화들짝 놀랐다.

"그거 당장 내려놔! 아직 실험은 안 해 봤지만 그건 파이어 볼보다 조금 약한 정도의 폭발을 내려고 만든 거니까!"

"이크!"

발렌은 왜 이런 위험한 물건을 만들어 방 안에 보관하고 있는 건지에 대한 의문은 나중으로 미루고 일단 돌멩이를 제자리에 놓아두었다.

"왜 이런 위험한 걸 만들고 계세요?"

"몰라. 나도 가끔 내가 왜 이런 걸 만드나 싶을 때가 있어. 할아버지께서 날 보고 마법사의 실험 정신 하나는 뛰어나다나 뭐라나. 그래도 어딘가에는 유용하게 쓸 수 있지 않겠어? 이 세상에 필요 없는 물건은 없다고 하니까."

뭐, 그런 것도 어딘가에는 유용하게 쓰일 수 있을지도 모른다. 어디에 쓰일지는 모르겠지만.

"그런데 절 왜 데리고 온 거예요?"

"아, 별건 아니고. 그냥 너에 대해 궁금하기도 하지만, 고맙다고 인사하려고."

"고맙다니요? 포션 생체 실험에 도움을 줘서요?"

톡 쏘아보며 말하자 이바나가 호호 웃었다.

"그걸 아직도 마음에 담고 있는 거야? 뭐, 그것도 고마운 거긴 한데, 다른 것에 대한 고마움이야. 또 너랑 앞으로 자주 볼 거고 말이지."

"무슨 말을 하는지 잘 모르겠는데요."

"왜냐하면 네가……."

똑똑!

"이비, 안에 있어?"

어딘가 낯익은 목소리가 문밖에서 들려왔다. 이바나가 피식 웃었다.

"호랑이도 제 말하면 온다는데, 말하기 전에도 올 수 있나 보네. 응, 안에 있어. 들어와."

그녀의 허락이 떨어지자 곧 방문이 열리고, 노크한 이가 안으로 들어와 발렌과 눈이 마주쳤다. 발렌과 마주친 이는 서로 의아한 표정으로 바라보았다.

"발렌? 여긴 어쩐 일이야?"

방문을 열고 들어온 이는 엘리즈였다. 오히려 의아한 건 발렌이었다.

"그러는 리즈야말로 무슨 일인데?"

"난 이비와 널 찾으러 온 거야. 도서관장님이 네가 이비에게 끌려갔다고 하셔서. 여기저기 돌아다녔지."

"……이비?"

발렌이 이바나를 바라보았다. 설마 이름까지 속여서 이곳에 데리고 온 게 아닐까 싶었다. 그럼 왜 이곳에 데리고 온 걸까? 혹시 위험한 실험을 하려고 했던 게 아닐까란 의심이 싹텄다. 이바나는 그의 생각을 알았는지 피식 웃으며 대답했다.

"이바나는 내 본명이 맞아. 이비는 리즈가 오래전부터 날 부를 때 썼던 애칭이야."

"그렇군요. 그런데 오래전이라니…… 그건 무슨 소리죠?"

대답은 이바나 대신 엘리즈가 해 주었다.

"이비와 난 어렸을 적부터 친구였거든. 스승님께서 황실에 찾아오실 때 이비를 데리고 오셨어."

"아, 그렇구나. ……그런데 탑주님과 이바나 씨는 무슨 관계이신 거죠?"

다시 이바나를 바라보며 묻는 발렌. 오늘따라 참 많이 묻는구나 싶었다. 이바나는 오히려 의아한 시선으로 바라보았다.

"내 이름 듣고도 모르고 있었어?"

이바나는 오히려 역으로 질문했다. 발렌은 다시 한 번 그녀의 이름을 곱씹었다.

"이바나 디 엘로이잖아요."

"그래. 디 엘로이. 그럼 대충 추측할 수 있잖아."

마치 당연한 것 아니냐는 듯 말하는 그녀. 발렌은 잠시 고민에 빠졌다.

 디 엘로이, 디 엘로이…… 분명 어디선가 들었던 성 씨이다. 천천히 다시 생각하다가 이름을 조합해 보기로 했다.

 '브레트 디 엘로이. 그래, 브레트 디 엘로이야. 잠깐 브레트 디 엘로이?'

 발렌은 멍한 표정으로 이바나를 바라보았다. 그녀는 너무 늦게 눈치챈 것 아니냐는 듯 발렌에게 피식 웃어 보였다.

 "브레트 디 엘로이는 탑주님의 성함이니까……."

 "맞아. 난 세인브리트 마탑 탑주의 제자이자 손녀딸이야."

 그녀의 말을 듣는 순간, 그레이트 해머로 거하게 맞은 것처럼 머리가 멍해졌다. 그 반응이 재밌었는지, 엘리즈가 키득키득 웃었다.

 "그런데, 리즈. 여긴 어쩐 일이야?"

 "아 참, 내 정신 좀 봐."

 그제야 자신의 용무가 떠오른 엘리즈가 그들의 팔목을 잡아끌었다.

 "스승님께서 부르셔. 마침 둘 다 여기 있으니까 같이 가면 되겠다."

 발렌은 여전히 충격이 가시지 않은 듯 멍한 표정이고, 이바나는 어째서인지 내키지 않아했다.

*　　*　　*

발렌은 충격이 아직 가시지 않은 듯 여전히 멍한 표정을 짓고 있었다. 그 상태로 탑주가 있는 곳으로 안내를 받아 도착해서야 정신을 차릴 수 있었다. 탑주는 스크롤들을 정리하고 있다가 셋이 들어오는 걸 보고 푸근하게 미소를 보였다.

"생각보다 늦었구나."

"발렌이 어디 있는지 좀 찾아다니느라 늦었어요. 마침 이비의 방에 있더라고요."

"이바나의 방에 있었다고?"

탑주는 게슴츠레 눈을 뜨며 이바나와 발렌을 번갈아 보았다. 그의 표정을 보니 딱 봐도 남녀가 단둘이 방에 있다는 것에 오해하고 있던 것 같았다.

"이상한 짓도 안 했고, 그런 감정도 없으니까 걱정하지 마세요, 할아버지. 발렌시아가 리즈를 구해 준 사람이라는 걸 알고 인사를 나누려고 했던 거니까요."

고맙다고 인사하려고 했을 때 엘리즈가 들어와 제대로 하지 못한 게 문제지만, 언제든 다시 인사할 기회는 있을 것이다. 이바나는 이상한 오해가 생기지 않도록 미리 포석을 갈아두었다.

"어쨌든 서로 통성명도 했을 테고…… 번거롭게 설명하지 않아도 되겠구나."

탑주는 조금이라도 번거로운 일을 싫어하는 모양이었다. 그는 발렌에게 시선을 향했다.

"내가 이곳으로 널 부른 이유를 알겠느냐?"

"잘 모르겠습니다."

잘못한 것이 있나 생각해 보았지만 딱히 짚이는 점은 없었다. 오우거에 관한 대화인가 추측했지만, 탑주가 꺼낸 말은 그의 예상을 완전히 벗어난 것이었다.

"내가 직접 네게 마법을 알려 주겠다고 하지는 않았으나, 그래도 어쭙잖게 가르칠 마음도 없다고 생각했다."

발렌의 눈이 보름달처럼 크게 떠졌다.

"건국 기념일 행사 때문에 바빠 신경 쓰지 못했지만 황제 폐하께서 네게 마법을 알려 주라 하셨을 때부터 생각해 뒀던 것이다. 이제 바쁜 일도 끝났으니 알려 줄 생각이다."

그렇다는 건 제자로 받아 주겠다는 소리였다. 그러고 보니 오우거를 소탕할 때 탑주가 '제자들'이란 말을 했던 것 같았다. 그때는 경황이 없어서 별로 신경 쓰지 않았던 말이었다. 그러나 처음부터 자신을 제자로 받아 주겠다는 생각을 미리 생각해 두었으면 나왔을 법한 말이기도 했다.

"그럼 사서의 일은 어떻게 합니까?"

사서를 그만둘 생각은 없었다. 물론 정식으로 마법사가 된다면 사서를 그만둬야겠지만…… 그는 자신의 일에 애착을 갖고 있었다. 무엇보다 일하면서 시간이 남을 때 책을 읽을 수 있는 장점이 있는 직업이었다. 책을 좋아하는 발렌에게 사서라는 직업은 천직이나 다름이 없었다. 이대로 사서의 일을 그만두는 것도 내키지 않았다.

"그만두라고 할 생각은 없다. 정식 제자로 받아주는 것은 아니니까. 사서를 새로 뽑아야 되는 번거로움도 있고, 네가 따로 인수인계도 해야 할 테니까. 그건 네 좋을 대로 하여라. 하루 세 시간 너를 봐 주도록 하마. 일과 시간이 끝나기 두 시간 전에 내게 오거라. 도서관장에게는 내가 알릴 테니 염려 말고."

그렇다면 다행이었다. 그만두라고 못 박아 두면 어쩌나 생각했는데, 일을 그만두라고 할 생각도 없는 모양이다.

"일단 목표를 잡도록 하자꾸나. 평생이 걸릴 일일지도 모르지만, 널 메이지로 만들어 주도록 하마."

"메이지……."

발렌이 슬쩍 엘리즈를 바라보았다. 그녀는 메이지 막바지에 있는 마법사이다. 지금의 그녀와 같은 경지로 만들어 주겠다니. 매지션도 마법사이기는 하지만 실질적으로 인정받을 수 있는 급의 마법사들은 메이지부터이다. 메이지부터는 효과적인 공격 마법을 사용할 수 있고, 마법학에 대해 어느 정도의 지식을 갖지 않으면 될 수 없기 때문이다. 물론 재능도 판가름하기는 하지만, 어디를 가든 고급 인력으로 제대로 된 취급을 해 준다.

특히 인재가 드문 변방 영지의 경우 메이지 이상은 준귀족에 버금가는 대우를 해 준다고 들었다. 수도권에서는 인정받지 못하는 마법사나 검사들이 이따금 변방 영지에 가는 것도 다 그 이유였다.

"그래도 가끔 내가 자리를 비울 때가 있을 것이다. 그때는 엘리즈와 이바나. 너희 둘이 발렌이 서클을 만들 수 있도록 옆에서 많이 도와주거라."

"예, 스승님!"

엘리즈가 그러겠노라고 소리쳤다. 이바나는 그저 조용히 미소를 지은 채 발렌을 바라보고 있었다. 그녀의 미소의 이유를 알고, 탑주가 미리 경고했다.

"특히 이바나는 발렌에게 실험할 생각하지 말고 제대로 알려 주거라. 또 사고 치다 걸리면 이번에는 가만히 있지 않을 테니까. 발렌. 너도 이바나의 실험에 응해 주지 말거라. 피 본다."

"쳇. 예, 예. 알겠어요."

이바나는 건성으로 대답했지만 알아들었는지 아쉬워하는 눈초리다. 발렌은 살짝 두려운 눈으로 그녀를 바라보았다.

'도대체 무슨 사고를 쳤기에 탑주님이 경고까지 하시는 거지?'

'피 본다.'라는 말이 이렇게까지 살벌하게 느껴진 적은 처음이었다. 어찌 되었든 발렌은 세인브리트 마탑주의 원호 아래 제대로 된 마법을 수행할 수 있게 되었다.

   \*  \*  \*

본격적인 수련은 내일부터 진행하기로 하고, 오늘은 좀 쉬라고 했다. 단 세 시간이지만 정말 힘들 것이라고 경고했기 때문이다. 발렌은 다시 일을 하기 위해 도서관으로 돌아왔다. 도서관에 다시 돌아왔을 때는 이미 일과 시간이 끝난 때였다. 발렌의 마법 수련에 대해서 벌써 들은 모양인지 제이프도 내일부터 힘내라는 말과 함께 제대로 출세했다고 자신의 일처럼 기뻐하며 퇴근했다.

세인브리트 마탑의 마법사가 되는 건 정말 어려운 일이다. 들어오는 절차도 까다롭고 그만큼 마법에 대한 재능도 있어야 하기 때문이다. 발렌의 경우는 예외였다. 엘리즈를 구한 공으로 황제의 명을 받고 마법을 배울 수 있었지만, 탑주가 제대로 가르쳐 주겠다고 하여 제자가 되었다. 다만 한 가지 다른 점이 있다면 제대로 된 세인브리트 마탑 소속의 마법사가 아니라는 것이다. 정식으로 마탑에 소속된 마법사가 아니니 사서의 봉급 그대로 받는다.

가르쳐 주는 입장으로서 스승의 도리를 다하겠다고 했지만, 발렌의 마법적 재능이 뛰어나지 않은 것이 가장 큰 걸림돌이었다. 무엇보다 마법의 마 자도 모르는 발렌. 마법사라고 하기에는 지식과 경험이 너무 없는 까닭도 있었다. 그것만 해도 세인브리트 마탑이 세워진 천 년 동안 유례가 없는 일이었다.

"정말 나도 출세하긴 했구나."

탑주가 마법을 알려 준다고 했을 때의 그 기쁨은 아직도 남아 있었다. 이게 꿈이라면 제발 깨지 말라고 생각하고 있었다.

"그나저나 할아버지에 이어 손녀까지 세인브리트 마탑의 마법사가 되었다라……."

이바나 디 엘로이. 현 세인브리트 마탑 탑주의 손녀이자 제자인 그녀는 생각보다 이른 나이에 세인브리트 마탑 소속이 되었다는 모양이다. 제아무리 탑주의 손녀, 손자라고 하더라도 세인브리트 마탑은 쉽게 들어올 수 있는 곳이 아니었다. 최고의 마법사들만 들어올 수 있는 곳이 바로 세인브리트 마탑. 그러니 이바나는 세인브리트 마탑에 이른 나이에 들어올 만큼 뛰어난 재능을 가지고 있을 것이다.

마법적 재능, 어렸을 적부터 심도 깊게 배운 마법학으로 쌓은 지식, 명석한 두뇌, 거기에 누구보다 뛰어난 마법적 호기심까지. 그녀에 대해서는 이미 이곳에서 일하는 사람들은 다 알고 있는 모양이었다. 유일하게 발렌만 이 사실을 잘 모르고 있었다. 그도 그럴 것이…… 책에만 관심을 쏟았기에 마법사들의 이름을 일일이 다 외우지 않았다. 무엇보다 듣자 하니 그녀는 특이한 것으로 세인브리트 마탑에서 상당한 유명인이었다.

세인브리트 마탑의 이단아라고 불린다나? 마법사들 사이에서는 그렇게 불린다지만 그 이유는 아무도 모른다고 한다. 마법사들에게는 그렇게 불려도, 마탑 내에서 일하는 평범한 직원들에게도 좋은 방향이 아니라 나쁜 방향으로 유명인이었다.

그녀에 대해 조심해야 때는 단 하나. 방에 틀어박혀 있는 그녀가 밖으로 나와 모습을 보였을 때다. 방 밖으로 자주 나서지 않고 방 안에 틀어박혀 살고 있는 이바나. 그러나 이따금씩 방에서 나올 때가 있는데, 바로 자신이 개발한 것들을 실험하기 위해서이다.

그녀가 개발한 포션으로 사람들에게 성능을 실험했다가 일주일을 앓아누운 사람도 있다는 모양이다. 그 때문에 만나면 도망부터 쳐야 된다는 사람으로 인식되어 있었다. 말재간이 얼마나 좋은지, 알면서도 넘어가는 경우가 다반사라는 모양이다.

"왜? 할아버지와 손녀가 들어온 게 그렇게 대단해?"

"대단하죠. 흔한 일은 아니잖아요. 세인브리트 마탑 역사상 손가락에 꼽을 만큼 적은 일······."

발렌은 대답하다가 문득 흠칫 놀라며 뒤를 돌아보았다. 뒤에는 언제 왔는지 모를 이바나가 미소를 지으며 서 있었다.

"언제 오셨어요?"

"나도 출세하긴 했구나. 라고 중얼거렸을 때부터."

그때부터였구나. 얼마 되지 않았다는 소리였다.

"그런데 여긴 어쩐 일로 오셨어요?"

엘리즈였다면 책을 읽으러 왔겠거니 생각했겠으나, 이바나가 온 것은 예상 외였다. 그녀는 씩 미소를 짓더니 품속에서 뭔가를 꺼내 보였다.

"자, 이거 선물."

"이게 뭔데요?"

"마정석이잖아. 여기에 물의 룬을 새겨 넣었어. 약간만 마나를 공급하면 물이 생성될 거야."

"……마정석이 뭔지는 모르겠지만 도서관에서는 라이트 마법 외에 마법 혹은 마법 용품의 사용 금지인데요."

"그런 게 어디 있어?"

"입구에 안내판 있잖아요. 대문짝만 하게 걸려 있을 텐데요? 정 못 미더우시면 제가 처음부터 끝까지 읊어 드릴 수도 있어요."

자주 보다 보니 이용 수칙을 토씨 하나 빼지 않고 외운 발렌이다. 이바나도 들어오기 전에 뭔가 쓰여 있는 안내문이 있던 것을 기억한 듯 고개를 주억였다. 그러나 납득한 건 아니었다.

"그런 고리타분한 규칙에 얽매이니 발전이 없는 거야. 발전하려면 항상 규칙에서 벗어나는 게 좋아. 자, 이거 줄 테니까 한 번 사용해 봐."

그러더니 발렌에게 억지로 마정석을 건네주는 이바나. 발렌은 깊은 한숨을 몰아쉬었다.

'자신이 개발한 거면서 나한테 넘기다니.'

분명 꿍꿍이가 있을 것이라고 생각했다. 지금까지 사람들에게 들어 본 바, 분명 이것도 개발품을 실험해 보려는 의도가 다분했다. 대충 추측할 수 있는 건…… 자신이 사고를 치면 큰일 날 수 있으니, 발렌이 사고 치게 만들려는 속셈이 아닐까 싶었다. 아니면 자신이 만들고서 자신의 물건을 믿지 못하거나. 맞든 아니든 발렌은 이것을 사용할 이유가 없다. 무엇보다 사용하려고 해도 사용할 수도 없었다.

"이바나 씨. 전 이제야 마나를 느끼기 시작했어요. 서클도 만들지 못해서 사용하고 싶어도 사용하지 못해요."

"아, 그래?"

정작 중요한 마나를 아직 다루지 못한다는 게 사용하지 못하는 큰 원인이었다. 이바나는 그제야 납득했는지 고개를 주억이면서 살짝 아쉬운 표정을 지었다.

"이거 때문에 오신 거예요?"

"아니. 진짜 목적은 그게 아니고, 잠시 대화 좀 할까 해서 말이야."

무슨 대화를 하려는 걸까? 이바나는 그의 맞은편에 있는 의자를 끌어다 앉으며 본론부터 말했다.

"너 혹시 리즈를 좋아하니?"

"예?!"

발렌이 무슨 소리냐는 듯 그녀를 바라보았다. 이바나는 그의 표정을 보고 자신이 잘못 짚었나 생각했다.

"아니, 지금까지 네 행적을 들어 보니까 신기하더라고. 평범한 사서가 리즈가 독살당할 뻔한 걸 직접 막으려고 하고, 오우거에게서 달아나다가 정 안 되니 자신의 몸을 날려 지키려고 하고. 누가 봐도 정상적인 행동은 아니잖아."

확실히 누가 생각해도 이상한 행동일 것이다. 남을 위해 자신의 몸을 내던지는 사람이 세상에 얼마나 있을까. 힘이 있는 사람이라면 모를까, 발렌의 경우 아무런 힘도 없는 사람이다. 이렇게 행동하는 게 이상할 따름이다.

"혹시 불의를 보면 못 참는 사람이라거나 그런 거야?"

"저는 좋아하는 사람을 위해 위험에 뛰어들 만큼 용기가 있는 사람도 아닌데요."

"내가 봐도 그렇게 보여서 물어본 거야."

"……."

어쩐지 진 것 같은 느낌이 드는 건 왜일까. 발렌은 이걸 어떻게 말해야 할지 곰곰이 생각했다.

"어쨌든 그래서 의문이 든다는 거야. 레이디를 위해서, 주군을 위해서 명예를 바친다는 기사도 할 수 없는 행동이잖아."

이바나는 자신이 생각했던 의문을 하나씩 풀어 놓았다. 지금까지 궁금해 했던 것을 마침 풀 기회가 찾아온 것 같았다.

"내가 단언할 수 있는 건, 리즈에게 다가가지 않는 게 좋아. 분명 네가 크게 손해 볼 테니까."

발렌이 의아한 시선으로 그녀를 바라보았다. 분명 이바나와 엘리즈는 서로 친한 관계로 알고 있는데…… 왜 자신에게 이런 말을 하는 걸까 싶었다.

"오해할까 봐 말하는데, 난 딱히 리즈에게 질투심이 있거나 폄하할 생각은 없어. 오히려 소중한 친구로 생각하고 있어. 신분을 떠나서 말이야."

그녀는 머리카락을 손가락으로 빙글빙글 돌리며 말을 이었다.

"하지만 난 그녀의 성격을 잘 알아. 리즈는 마음이 여리지만 강한 면도 갖고 있어. 남의 위기를 보면 직접 행동하려고 하고, 이해하려고 하지."

분명 그녀가 황위를 물려받게 된다면 성군이 될 것이라고 믿어 의심치 않았다.

"리즈는 스스로 황위 계승권을 포기하겠다고 했지만, 사실 꽤나 위협을 받고 있거든. 듣자 하니 너도 책을 좋아한다고 했지? 역사도 잘 아니?"

갑자기 왜 역사 얘기로 빠지는 걸까? 발렌은 그녀가 쉽게 뭔가를 설명하려는 것이라고 생각해 대답했다.

"역사학자만큼은 아니지만…… 어느 정도 알고 있어요."

"역사학자에 비교할 정도면 이미 상당한 수준으로 알고

있다는 뜻이겠네."

이바나는 만족스럽게 웃더니 말을 이어 갔다.

"역사적으로 바올라 제국은 암투가 많이 벌어지고 있어. 그리고 그중 황위 계승권을 포기한 자가 조용히 뒤에서 공작을 펼쳐 자신의 형제들을 싸우게 해서 황위를 쟁취한 것도 알고 있니?"

발렌은 깜짝 놀라며 고개를 끄덕였다. 이것은 엄연한 역사적인 사실이기도 했지만, 황실에 있어서는 최악이자, 수치의 역사로 인식되는 것이기도 했다. 그렇게 군주에 오른 이는 폭군으로 군림해 온갖 사치를 즐기는 것도 모자라, 이웃 국가에 전쟁을 선포하여 백성들이 고난을 겪게 만들었다.

다행히 바올라 제국의 힘은 대륙에서 최강이라 일컫고 있기에 이웃 국가의 연합에도 대등하게 싸울 수 있었으나, 수백 년을 쌓아 올린 국가 재정이 파탄 나게 만든 원인이 되기도 했다. 다행히 그의 마수에서 살아남은 황자가 혁명을 일으켜 황위를 되찾고, 나라의 기틀을 재건할 수 있었지만 그때부터 이에 관한 역사를 함부로 말하는 것이 금기되었다.

"알고는 있지만 어디에서 함부로 말하지는 마세요. 정말 위험한 발언이니까요."

"우리 둘밖에 없어서 하는 말이야. 남들 앞에서 나도 이런 말 안 한다고. 어쨌든 그런 역사가 있다는 것을 아는 모양이니 다행이네. 내가 보기에 이를 염려한 자들이 있을 것이라 생각하고 있어. 리즈가 세인브리트 마탑에서 숨죽여 황위를 노리고 있다는 것으로."

그 이후 황위 계승권을 포기한 수많은 황자, 황녀들이 죽임을 당하는 건 비일비재한 일이 되었다. 언제 어디서 뒤통수를 노리고, 공작을 펼지 모르니 더욱 경각심을 만들어 버린 것이다.

"1황자나 2황자가 꾸민 음모일지도 모르고, 그게 아니라면 그들을 따르는 가신들이 한 짓일 수도 있어. 리즈는 자신의 오라버니들이 그럴 리 없다고 단언했지만 혹시 모르는 일이야. 일단 그녀는 황실에서 재능만 놓고 보자면 단연 뛰어난 여제가 될 수 있으니까."

"왜 이런 대화를 하는 건지 도무지 이해하기 힘드네요."

이야기가 길어지니 발렌이 단도직입적으로 물었다. 이바나는 고개를 주억이며 대답해 주었다.

"그녀가 황위에 오를 것을 염려해 분명 위협을 느낀 자가 있을 거야. 그리고 넌 몇 번이고 리즈를 구해 냈지. 분명 네가 있으면 방해된다고 생각해 노리는 이가 생길 거야. 어쩌면 벌써 노려지고 있을지도 모르지."

확실히…… 그녀의 말대로 발렌은 자신이 누군가에게 노려지고 있을 확률도 고려해 봐야 했다. 정말 누군가가 자신이 방해된다고 생각하면 쥐도 새도 모르게 그를 해치울 수 있으니까.

　"하지만 전 도서관 숙직실에서 생활하는데요."

　외부 숙소에서 생활하면 모를까, 숙직실에서 생활하는 발렌에게 해를 끼칠 수 있는 사람이 있을까 싶었다.

　"참 안이하구나?"

　이바나는 그런 발렌을 타박했다.

　"세인브리트 마탑 내라고 꼭 안전하다고 보장할 수 없어. 모든 마법을 뚫고 들어올 수 있는 이도 존재하니까. 마법은 만능이 아니야. 제아무리 견고하게 짰다고 하더라도 빈틈은 반드시 존재하니까. 그 빈틈을 찾아내는 게 자객들 역량이지."

　확실히…… 제시카의 일 때도 그러했다. 침입 경보 알람 마법이 울리는 걸 이용해 경계병들을 유인하고 유유히 도서관 내로 잠입해 들어왔으니까. 신기한 건 도서관 내에 있는 경보 알람 마법이 울리지 않았다는 것이다. 분명 우연은 아닐 것이다. 그녀의 말처럼 빈틈을 찾아 들어왔을 확률이 컸다.

　"리즈를 지켜 주는 건 고마운 일이지만, 위험한 일은 하지 마. 리즈는 그런 널 염려하고 있으니까."

자신을 위해 발렌이 다치는 것이 싫다는 것이리라. 하지만 발렌은 하기 싫다고 하더라도 할 수밖에 없는 이유가 있었다. 보나바르의 저주다. 이것이 어떻게든 해결되지 않는 이상 그는 같은 행동을 할 수밖에 없었다.

"아뇨, 그럴 수는 없어요."

그리고 그는 눈에 힘을 주며 그녀를 바라보았다.

"제가 다치는 걸 리즈가 걱정한다는 것 잘 알아요. 그녀의 성격상 자기 때문에 남이 상처 받는 걸 좋아하지 않겠죠. 하지만 저도 마찬가지예요. 리즈가 다치는 걸 원치 않아요. 리즈는 기억하지 못하겠지만, 전 그녀에게 한 번 도움을 받은 적이 있거든요."

확실히 처음에는 어쩔 수 없이 하기는 했지만, 지금은 다르다. 하고 싶어서 한다. 그녀를 지켜 주고 싶어서 한다.

이걸 과연 도움을 받았다고 해야 할까. 반복되는 일상에 지쳐 틀어지려던 마음을 그녀가 다시 고쳐 주었다. 그때의 엘리즈도 아마 그 사실을 몰랐을 것이다. 그러나 그녀가 몰랐다고 해도 도움을 받았다는 것은 변하지 않았다.

아무도 이해하지 못할 이야기를 그녀는 이해해 주었다. 추악하고, 추잡스럽고, 꼴사납다고 하더라도 그녀를 지키기로 다짐했었다. 그날만큼은 잊으려고 해도 절대 잊을 수 없었다. 아마 몇 번을 반복해도 마찬가지일 것이다. 그때의 감정은 빛바랠 수 있겠으나 기억마저 사라지지는 않을 것이다. 발렌에게 있어 그날은 정말 특별한 날이었으니까.

"그래?"

이바나는 피식 웃었다. 포기시키려고 해도 아마 듣지 않을 것이다. 이럴 때는 아무리 해도 방도가 없다. 그저 스스로 언젠가 떨어져 나가는 것이 특효약이다.

"한 명은 모든 사람의 위험을 지나치지 못하는 바보, 한 명은 특정한 사람의 위험을 지나치지 못하는 바보라니. 내 주변에 바보만 두 명이야. 정말 피곤한 일이 아닐 수 없네."

그러나 이바나의 표정은 귀찮다기보다 재밌다는 것에 가까웠다. 오히려 그런 바보들을 싫어할 수 없는 이유가 있었다. 이바나는 고민 하나를 지웠다는 듯 시원스러워 보였다.

"만약 내가 위험에 빠져 있다면 리즈처럼 구해 줄 수 있어?"

"그건 생각해 볼게요."

"리즈에게만 특별대우라니. 이래 봬도 난 황녀의 벗인데. 너무한 거 아냐?"

그렇게 말하고 있지만 이바나는 별로 신경 안 쓴다는 듯이 웃었다. 그러더니 은근슬쩍 보자기를 꺼내 보였다.

"자, 그럼 내가 리즈를 지켜 줄 도구를 너에게 줄게."

"결국 목적은 그거였군요."

발렌이 피식 웃었다. 결국 노림수는 이거였던 것 같았다.

"에이, 빼지 마. 이런 마도구들을 어디서 구할 수 있다고. 내가 특별히 너에게 주는 선물이야."

"정중히 사양하고 싶은 걸요."

발렌의 말이 무색하게 이바나는 보자기를 풀어 어떻게 사용하는지도 모를 도구들을 책상에 쏟아부었다. 책상 위가 책 대신 알 수 없는 것들로 어질러졌다. 그러더니 하나를 집어 그에게 용도까지 설명해 주었다.

"이건 호신용으로 만든 약물이야. 이 플라스크 병을 깨뜨리면 밝은 빛이 터져 나오며 일시적으로 상대의 눈을 멀게 만들지. 도주할 때 매우 유용할 거야. 그것 말고도 치한을 상대로도 쓸 수 있게 만든 거기도 해."

마치 약장수의 말재간처럼 들렸다. 그러나 마법사인 그녀가 하는 말이니 어쩐지 신용이 되었다.

"확실히 꽤 유용해 보이네요. 치한을 쫓을 때도 좋을 것 같고요."

"그렇지? 상대는 뭐에 쓰는지 모르니까 방심하고 있다가 당할 수밖에 없지. 워낙 원재료의 가격이 비싸서 완성품도 비쌀 수밖에 없다는 게 흠이지만…… 자신의 안전에 비하면 싼 거지. 이건 사실 라이트 스톤 말고 영구적으로 빛이 나오게 할 수 있는 방법이 없을까 연구하다가 만들어 본 거야."

사실 이게 완성품이지만 굳이 뒷얘기는 하지 않는 이바나였다. 자신이 생각한 이론을 토대로 만들어 봤지만 결과물이 이랬다.

영구히는 아니더라도 빛을 오랫동안 유지했어도 반은 성공했다고 할 수 있는 작품이었다. 그러나 자신이 의도한 것과 달리 이것은 빛이 너무 강했다. 처음에 이걸 실험해 봤을 때 때마침 탑주가 와서 같이 눈이 일시적으로 멀어 보통 난리가 아니었다. 그 이후로 일주일간 자숙하는 시간을 갖게 되었다. 탑주가 마도구 개발 제재를 하지 않은 것만 해도 천운이었다.

"그런데 신기한 것을 많이 만드시네요. 마치 마법사가 아니라……."

발렌은 뒷말을 삼켰다. 생각해 보니 그가 할 말은 마법사에게 대단히 실례되는 단어였기 때문이다. 하나, 이바나는 그의 말에 아무렇지 않게 대답했다.

"맞아. 난 마법사보다는 연금술사에 가깝지. 나 스스로도 이제 마법사가 아니라 연금술사라 생각하는 경지에 이르렀고 말이야."

연금술사. 사람들은 연금술사에 대한 편견이 매우 많았다. 해괴망측한 일을 벌인다거나, 자신이 개발한 물품으로 사람들이 조금 더 편하게 이용할 수 있게 하겠다며 오히려 불편을 만든다거나. 그 정도면 양호한 편이지만 간혹 만들어 낸 물품이 폭발을 일으켜 자신은 물론 타인을 다치게 만드는 일도 비일비재하여 사람들이 매우 꺼려하는 족속이 바로 연금술사였다.

다행이라면 흑마법사들처럼 남에게 일부러 해를 끼치려고 하는 이들은 아니라는 것이다. 미친 연금술사라면 얘기는 다르겠지만…… 최소한 그녀는 남에게 해를 끼칠 의도를 갖고 있는 사람이 아니었다.

"이 때문에 할아버지가 매우 싫어하셨어. 지금은 내 고집을 말릴 수 없다는 것을 알고 가만히 놔두고 계시지만, 포기시킬 방법을 모색하고 계실 거야. 분명히."

"……."

아무도 몰랐을 고충을 남에게 털어놓은 이바나. 발렌은 그녀도 고생이 많은 사람이라는 것을 깨달을 수 있었다. 위로라도 해 줄까 생각하고 있지만, 그녀는 전혀 개의치 않는 표정이었다. 오히려 주먹을 꼭 말아 쥐며 숨을 크게 내쉬었다.

"반드시 다른 마법사들의 콧대를 꺾을 거야. 아니, 할아버지도 마찬가지야. 지금은 인정받지 못하고 있지만, 내가 개발한 것들이 세상을 이롭게 만들고, 큰일을 해내게 만들 거야."

이바나는 사내 못지않은 포부가 있었다. 그 모습을 보고 발렌은 감탄할 수밖에 없었다.

'이바나 씨도 리즈 못지않게 빛나는 사람이네요.'

그 말은 꾹 참고 미소를 지은 채 훈훈한 미소로 바라보는 발렌. 그는 이바나와 눈이 마주치자 다른 걸 잡아보았다.

"이건 뭐죠? 그냥 평범한 구슬 같은데……."

발렌은 이번에는 주먹만 한 구슬을 집어 들었다. 마치 뒷골목 같은 곳에서 구슬을 들여다보는 예언가들이 쓸 법한 구슬이었다.

"아, 그건 보기에는 그냥 구슬이지만, 사실 그걸 깨뜨리면 전류가 터져 나오는 구슬이야."

발렌은 화들짝 놀라며 얼른 구슬을 내려놓았다. 이런 위험한 물건을 도서관에 들여오다니. 혹시라도 깨져서 책에 문제가 생기면 어쩌려고 그러는가.

"다만 일회용이라는 게 단점이야. 아직 직접 실험해 보지 않아서 위력도 얼마나 강한 지 잘 모르지만."

"그런 건 실험해 보시고 주시면 안 되나요? 아니, 애초에 생각대로 안 되면 그건 그것 나름대로 큰일이잖아요."

이바나가 서서히 시선을 피하며 대답했다.

"나도 그러고 싶지만 할아버지가 마탑 내에서 사용하지 말라고 하셨거든. 내 생각과 달리 같은 걸 만들어도 위력이 항상 극단적으로 달라서 말이야."

약할 때는 약한데, 강할 때는 강하다는 소리일 것이다. 그러니까…… 강도를 조절하는 것을 못한다는 의미일 것이다.

"그럼 직접 나가서 하시면 되잖아요."

"인적이 없는 곳에서 쓰려면 외성까지 나가야 하잖아. 난 이 근처 지리도 잘 몰라."

발렌이 황당한 표정으로 그녀를 바라보았다. 마탑 밖으로 얼마나 안 나갔으면 이 근처 지리까지 잘 모른다는 말인가. 이제 고작 일 년 밖에 안 된 발렌도 전부는 아니더라도 지름길이 어디인지 대충은 알고 있다.

아니, 그 정도면 충분히 이해한다. 하지만 이곳에서 외성까지 가는 지리를 모른다는 건 아주 말이 안 되는 소리였다.

"황성과 외성으로 이어지는 큰 도로를 이용하면 일직선으로 갈 수 있어서 10분도 안 걸리는데요?"

"……."

"……."

이어지는 침묵. 이바나가 시선을 회피하며 힘겹게 입을 열었다.

"10분이나 걷다니. 분명 쓰러질 거야."

이 반응을 보고 발렌이 느꼈다. 이건 분명 엄청 귀찮아서 그런 거라고. 고작 10분도 걸으려 하지 않다니. 발렌은 결코 상상도 못할 일이었다.

'눈부신 사람이라는 거 취소.'

감동에 배신당한 발렌이었다. 방금 전 느낀 감동을 물어내라고 할 수도 없어 기가 찰 수밖에 없었다. 자신이 잠시 사람을 잘못 봤다는 것을 인정하지 않을 수 없었다. 그래도 한 가지 인정하는 건 그녀는 정말 마도구 개발에는 정말 그 누구보다 열정적이라는 것이었다. 발렌은 그녀가 찾아오고서 한참 동안 그녀가 가지고 온 물품에 대해 설명을 들어야 했다.

Chapter 03
휴가

　<마법사에게 필요한 자세>
　끈기, 인내심, 호기심 그리고 꺾이지 않으려는 마음.
　―『마법사의 자질』中 발췌―

　　　　　＊　　　＊　　　＊

　일과 시간이 끝나면 매일 3시간씩 탑주에게 수련을 받는 발렌. 그 첫째 날이 밝아 오고, 탑주는 발렌의 등에 손가락을 대고 천천히 이동시키고 있었다.

"내 손가락을 따라 마나를 이동시키는 훈련을 한다. 처음에는 생각보다 어렵겠으나, 익숙해지면 스스로 할 수 있을 것이야."

훈련은 생각보다 느긋하게 진행되었다. 탑주의 손가락이 이끄는 대로 천천히 마나를 유동시켜 보았다. 마나 회로를 따라 천천히 이동하는 탑주의 손가락을 발렌도 열심히 따라가고 있었다.

'엄청 힘드네.'

아무것도 안 하고 그냥 앉아 있는 것으로 보일 수 있지만, 사실 그렇지 않았다. 그는 온 신경을 집중해 탑주의 손가락이 이끄는 대로 따라하고 있었다. 아주 천천히, 급하지 않게 진행하는 중이었다. 탑주도 이에 뭐라 하지 않고 잠자코 그가 잘할 수 있도록 유도해 주었다.

"발렌. 정신이 흐트러지고 있다. 똑바로 정신 차리지 못하느냐?"

탑주는 발렌이 딴생각을 하려고 하면 바로 눈치채고 엄하게 꾸짖었다. 처음 마나를 쌓는 과정이 순탄치 않은 것은 알고 있지만, 정신을 다른 곳에 두면 확인하는 입장에서는 확실히 느껴지기 때문이다. 하지만 이런 일은 꼭 발렌에게만 있는 것이 아니다. 사람들은 앉아 있을 때나 일어서 있을 때나, 누워 있을 때나 평소 가지고 있던 습관이 있다.

발렌은 평소 편히 앉는 모습도 아니었다. 가부좌를 튼 채 앉은 발렌은 땀을 뻘뻘 흘리고 있었다. 장시간 맨바닥에 앉아 허리를 일자로 곧게 펴는 것은 결코 쉬운 일이 아니었다. 허리가 아프다. 목도 뻑적지근하다. 엉덩이도 아프다. 다리도 저리다. 온갖 고초를 한 번에 겪고 있는 탓에 집중하려고 해도 쉽게 되지 않았다.

난생처음 해 보는 자세였다. 등을 곧게 펴고 있는 것만 10분 동안 해도 꽤나 힘든 일이다. 거기에 마나 회로를 따라 마나를 이동시키는 것도 함께 해야 하니 신경 써야 할 것이 한두 가지가 아니었다. 시간이 지나 익숙해지면 나중에는 깊게 집중하지 않아도 자연스럽게 할 수 있게 된다는데 그 전까지는 꽤 고생해야 할 것이다.

"이제 시간이 됐다. 편히 앉아도 된다."

그렇게 힘겹게 3시간이 지나자 드디어 이 고통에서 해방될 수 있었다. 가만히 앉아 있기만 했는데도 장시간 운동한 것처럼 땀이 뻘뻘 쏟아져 나왔다. 게다가 어쩐지 몸에서 옅게 퀴퀴한 냄새가 나는 것 같았다.

"으, 냄새!"

옷에 코를 가까이 대어 냄새를 맡다가 그는 인상을 구겼다.

그 모습을 보고 탑주가 허허 웃었다.

"체내에 있는 노폐물이 빠져나가는 것이니 신경 쓰지 않아도 된다. 오히려 좋은 현상이다. 당분간은 그 악취에 시달려야 할 게야. 지속적으로 마나 호흡을 하다 보면 그 악취도 나중에 덜해질 테니 걱정하지 마라. 옷도 즉시 빨지 않으면 냄새가 깊게 배여 빠지지 않아 옷을 버려야 할 테니 이 점 유의하여라."

마법사들 중 고약한 악취를 풍기는 자가 있다는 말은 언뜻 들은 것 같았다. 아버지가 자신의 동료 마법사의 옷에서 악취가 풍기는 때가 있다고 하는데, 이 때문일 것이라고 확신할 수 있었다. 그동안 궁금했던 것들이 하나씩 풀리고 있었다. 탑주는 구석에 놓아두었던 양동이에 담긴 물로 손을 씻었다. 계속 손가락으로 등을 짚으며 마나를 유도하다 보니 탑주의 손에도 악취가 배인 까닭이다. 손을 씻고 난 후, 탑주가 물었다.

"이번 수업 중에 궁금한 게 있느냐?"

발렌은 곰곰이 생각했지만 딱히 궁금한 게 없었다. 아니, 없다기보다 아직 아무것도 모르기에 무엇이 궁금한지 모른다는 게 정상일 것이다.

"뭐든 물어보거라. 내 대답해 줄 터이니."

그가 다른 생각을 하고 있자 뭐부터 물어봐야 할지 고민하는 것으로 오해한 모양이었다. 그리고 질문하기를 기다리는 듯 보였다. 잠깐 고민하던 발렌은 머리를 짜내 질문했다.

"혹시 마나 호흡은 언제 하는 게 가장 좋나요?"

"많이 하면 할수록 좋다. 하지만 사람이 하루 종일 앉아만 있을 수는 없는 노릇이니 마나 호흡은 주로 수업 시간 외에는 취침 전, 취침 후가 가장 적합하겠구나."

속세에 얽매여 살지 않고 아예 은둔해서 지내는 마법사가 아닌 이상 일상이라는 것이 있으니 그 정도가 적절하다 여겨졌다.

"책에서 언뜻 본 건데요, 강제로 마나를 불어넣는 매개체를 사용해 서클을 만들었다는 내용도 있던데 그런 것도 실제로 가능한가요?"

바보, 라는 책에서 나온 내용이다. 아무런 재능이 없던 마법사가 자신을 믿어 주는 연인이 적국에 끌려가, 구출하기 위해 매개체를 사용하여 위저드급 마법사가 되었다는 내용이다.

"허허, 바보에 대한 얘기로구나. 문학적으로는 괜찮아도, 실제 마법사들이 읽기에는 아무런 전문성도 없는 허무맹랑한 책이었지. 작가가 마법학에 대한 지식은 있는 듯하지만 참 허무맹랑했어."

탑주도 그 책을 읽은 듯했다. 발렌이 보기에는 꽤 재밌고, 마법사에 대해 잘 안다 생각했는데, 실제 마법사가 보기에는 말도 안 되는 허구 소설이었던 모양이다.

"가능하다. 아무 것도 없던 자가 순식간에 위저드급이 되는 것은 말도 안 되는 일이지만, 매지션 정도는 충분히 가능한 얘기지."

방법이 있다는 얘기에 발렌이 호기심 어린 표정이 되었다. 그러나 탑주는 진지한 얼굴로 이를 설명해 주었다.

"하지만 그러한 매개체는 구하기 정말 어렵다. 설령 어떻게 구하거나 찾았다고 하더라도 가능성이 매우 낮은 극단적이 방법이다. 성공 확률은 현재까지 알려진 방법으로 해도 고작 일 퍼센트밖에 되지 않으니까. 죽을 확률이 칠십 퍼센트, 백치가 될 확률이 이십 구 퍼센트다. 게다가 지금까지 단 한 번도 느껴 보지 못했을 엄청난 고통까지 수반하지."

발렌이 그 말을 듣고 놀랐다. 정말 가능성이 극단적으로 낮기 때문이다. 쉬운 방법으로 서클을 만들어 내는 것은 불가능하다는 소리였다.

"모든지 쉽고 간편하게 해결하려는 것이 사람의 심리이지만, 마법은 결코 그것이 불가능하다. 그게 가능했으면 짐승들도 마법을 배웠을 터이니. 한 땀 한 땀 정성껏 바느질을 해야 튼튼한 옷이 만들어지듯 마법도 마찬가지니라. 그 과정에서 바늘에 손이 찔리기도 하지."

"제 경우를 말하자면 바느질은 해 본 적도 없고, 손재주도 없는 몸치가 옷을 만들겠다고 하는 격이군요."

"틀린 말은 아니로구나."

상당히 미안한 말이지만, 그의 비유는 정확했다. 스스로를 손재주도 없는 몸치라고 하다니. 살짝 절망한 것인가 생각이 들었다.

'하기야, 마법에 재능이 있는 자들 중에서도 이 과정에서 떨어져 나가는 이가 수두룩하니……'

아무런 재능이 없는 그는 오죽할까. 그러나 탑주는 그를 위로해 줄 생각이 전혀 없었다. 마법이란 게 그렇게 쉽게 배울 수 있는 게 아니기 때문이다. 특히 재능이 없는 이라면 말로 형용할 수 없을 정도로 남들보다 배로 노력해도 못 따라잡는 경우가 수두룩하다. 그 과정에서 의욕을 잃고 떨어져 나가는 사람들이 대다수다.

"남들은 쉽게 걸어갈 곳도 전 오르막을 오르는 것처럼 힘들 테죠?"

"그렇다. 너의 경우 오르막 수준이 아니라 급경사를 기어 올라가는 것과 비슷하겠구나."

발렌의 재능은 그만큼 절망적인 수준이다. 언뜻 발렌의 표정이 어두워지는 것 같았다. 벌써부터 절망을 맛보고 있는 것이다. 궁금한 걸 물어보라고 했다가 이야기가 옆으로 빠져 결국 현실적인 말을 해 줘 버렸다. 의욕을 심어 주지 못할망정 실망을 시켜 버린 꼴이 되어 버렸다. 스승으로서 정말 못 할 짓이었다.

"차라리 이대로 포기하는 게 좋을까요? 오르지 못할 정상을 노리는 것과 다를 바 없는데."

"그것은 너의 마음에 달려 있다."

황제가 탑주에게 명한 건 그가 마법을 배울 수 있게 해 달라는 것이다. 즉, 도중에 발렌이 포기하든 말든 붙잡으라는 명은 없었다. 마법을 도중에 포기할지 말지 결정하는 건 발렌의 몫이라는 것이다.

'차라리 계속 매달리다가 나중에 좌절해서 포기하는 것보다 지금 포기하는 게 나을지도 모르겠구나.'

올라가지 못할 곳을 넘보다가 절망의 구렁텅이에 빠진 이도 상상 이상으로 많다. 그 과정에서 흑마법사의 길로 빠져나가는 자들도 부지기수이다. 차라리 서클을 만들지 않은 지금 포기하는 것도 나쁜 선택은 아닐 것이다. 발렌은 잠시 고민하는가 싶더니 곧 고개를 들었다. 결정한 모양이었다.

"역시 전 포기하지 않을래요."

탑주가 의아한 시선으로 그를 바라보았다. 발렌은 어색

하게 미소를 지었다.

"앞으로 해야 할 것은 이보다 더 힘들 텐데 처음부터 포기하려고 하다니. 잠깐 마음이 약해졌네요. 거북이처럼 천천히 기어 올라가면 조금이라도 오를 수 있다는 뜻이잖아요."

 그의 눈빛에 생기가 감도는 것을 본 탑주는 허허 웃어 보였다. 그는 오히려 더 각오를 다졌다. 이렇게 순식간에 태세가 빠르게 변하는 사람을 보는 건 난생처음이었다. 발렌의 눈에서는 승부욕마저 엿보였다. 마치 자기 자신을 쓰러뜨리면서 반드시 목표하는 바를 이룩하겠다는 듯 보였다. 탑주는 이런 사람을 싫어하지 않았다. 오히려 좋아하는 편이었다. 그러나 한편으로는 아쉬움이 남았다.

 '끈기와 인내심, 호기심 그리고 꺾이지 않으려는 마음. 마법사의 자질은 전부 갖췄지만 유일하게 재능만 받쳐 주질 않는구나.'

 발렌이 최악의 재능이 아니라 어중간한 재능이라도 갖췄더라면…… 마탑 간부들의 반대를 무릅쓰고서라도 그를 정식 제자로 받는 것을 고려했을 것이다. 그를 정식 제자로 받기에는 그의 재능과 세인브리트 마탑의 기준은 차이가 명백했다. 그러나 그의 마음가짐 자체는 정말 마음에 들었다. 사람은 때로 포기할 줄 알아야 한다고 하지만, 저런 모습도 싫지는 않았다.

'눈부시구나.'

탑주의 눈에 보이는 발렌은 눈부심 그 자체였다. 탑주는 만족스러운 얼굴로 수염을 쓸어내렸다.

\* \* \*

개인 교육을 마친 발렌은 여느 때와 다름없이 책상 앞에 앉아 책을 보고 있었다. 다만 이번에 보는 책은 좀 달랐다. 그는 기초 마법에 대한 책을 받아 자유롭게 필기를 하고 있었다.

'기초 마법의 이해'라고 쓰인 책. 이것은 탑주가 그에게 선물로 준 것이었다. 어차피 마법을 이해하기 위해서는 수련도 좋지만, 지식도 같이 함양해야 한다는 것이 그 이유였다. 발렌은 이를 소중히 간직하며 계속해서 정진해 나갈 생각이었다.

"이건 무슨 용어지?"

책을 읽다 보면 이따금 모르는 용어가 나올 때가 있다. 발렌은 사전을 확인하며 무슨 뜻인지 확인했다. 아무래도 마법과 관련된 전문 서적이다 보니 모르는 용어가 있을 수밖에 없었다. 가끔 이해가 안 될 때도 있지만 모르는 것들은 탑주나 엘리즈, 이바나에게 물어보면 될 일이다.

 발렌의 마법 지식에 대한 탐구욕만큼은 마법사 저리가라 할 정도였다. 마법학은 배우기 정말 어렵지만, 이해하면 이해할수록 흥미로웠다. 배움에 대한 쾌락. 책을 읽을 때마다 느끼는 재미. 이 때문에 자신이 책에 손을 놓지 못하는 것이다.

 '그러고 보니 휴가도 얼마 안 남았네.'

 발렌은 손으로 자신의 휴가 날을 세어 보았다. 휴가까지 고작 나흘 정도였다. 휴가는 특별한 사정이 있지 않는 이상 한 달 전에 올린다. 발렌의 경우 두 달 전에 올렸었다. 어머니 생신에 맞춰 찾아뵙기 위해 안전하게 두 달 전에 미리 올린 것이다. 그때는 마법을 배우기는커녕 엘리즈를 만나기도 전이다.

 "발렌, 안에 있니?"

 엘리즈였다. 그녀가 3층 입구에서 그를 부르며 안으로 들어왔다. 발렌의 시선이 그녀에게로 향했다.

 "리즈. 왔어?"

 발렌이 그녀를 반갑게 맞이해 주었다.

 "오늘 탑주님께 가르침을 받을 때 너희들이 없던데. 무슨 일 있었어?"

 "나와 이비는 따로 교육을 받아. 아무래도 우리들이 함께 있으면 집중력이 흩어질까 봐 그런 거겠지. 서로 배우는 것도 다르니까 스승님도 같이 확인하려면 힘드실 테고."

"그렇구나."

확실히 같이 있으면 집중력이 흩어질 만했다. 일대일로 개인 지도를 받는 것도 힘들어 죽겠는데, 옆에 아는 사람이 다른 수련을 하는 걸 보면 서로 집중이 안 될 수 있었다.

"그러고 보니 발렌."

"응?"

"너 나흘 후에 휴가 간다면서?"

엘리즈도 그 소식을 접한 모양이었다. 탑주에게 나흘 후가 휴가 날이라고 미리 말해 뒀기에 그 소식이 전해졌는지도 모른다.

"작년에 한 번도 쓰지 못한 휴가를 이번에 몰아서 쓰는 거야. 애초에 휴가를 올린 건 저저번 달이지만. 일 년간 고향에 가 보지 못했는데, 오랜만에 어머니와 아버지를 뵈어야지."

세인브리트 마탑은 생각보다 휴가를 쓰는 것에 자유로운 곳이다. 특별한 일, 특정한 행사가 없는 이상 휴가는 자유롭다. 게다가 정기적으로 휴가를 쓰지 않으면 없어지는 다른 곳과 달리 이곳의 휴가는 오히려 몰아서 쓸 수 있었다. 규정상 써야 하지만 쓰지 못하는 곳도 상당하다는 모양인데, 세인브리트 마탑은 그런 걱정이 없었다.

"그러고 보니 발렌. 넌 가족 관계가 어떻게 돼?"

"어머니, 아버지, 나, 여동생. 이렇게 4인 가족인데?"

"헤에…… 다른 곳들은 4명이 아니라 10명이 넘는 가족도 있다는데."

"맞아. 대부분 농가에서 그렇지. 하지만 우리 가족은 농가가 아니고, 작은 잡화점을 운영하고 있어. 친인척이 없이 4명이 생활하고 있어."

"집은 멀어?"

"아니, 그렇게 멀지는 않아. 남바른 공작가의 아올란 마을이야. 세인브리트하고 바센트 산맥 하나를 두고 있는 곳이니까. 마차를 타고 바센트 산맥까지 이틀, 걸어서 반나절 정도 가면 집에 도착할 수 있어."

늦어도 사흘이면 도착하는 곳이 그의 집이었다. 고향에 가는데 마차로 보름이 넘게 걸리는 직원들보다야 훨씬 가까웠다.

"생각보다 가깝네?"

남바른 공작가는 수도의 동쪽에 있는 곳이다. 지리적으로 세인브리트의 바센트 산맥을 넘기만 하면 바로 도착할 수 있는 곳이 남바른 공작가이다. 남바른 영지에서 보자면 상당히 끝에 있는 곳이지만, 수도와 매우 가깝다고 볼 수 있었다.

 동쪽에서 오는 여행자들은 수도로 가기 위해서 반드시 들를 수밖에 없는 마을이라 나름대로 번창한 곳이기도 했다. 게다가 북쪽으로 사흘거리에 있는 마을은 조셋 마을로, 몬스터의 숲과 가장 인접한 곳이다. 용병들도 본격적으로 사냥을 시작하기 전, 마지막으로 찾는 곳이 아올란 마을이다. 엘리즈는 신기하다는 듯 그를 바라보았다.

 "그런데 그건 갑자기 왜?"

 엘리즈가 가족 관계나 그의 고향 위치를 물어보는 건 처음이라서 질문해 보는 발렌.

 "네가 없으면 심심할 것 같아서. 그리고 걱정도 되고. 요즘 몬스터의 숲에서 심상치 않은 일이 벌어진다는 모양이라."

 아무래도 바센트 산맥과 아올란 마을이 가깝다 보니 몬스터를 걱정하는 모양이다. 몬스터의 숲에 대한 얘기는 발렌도 이미 들은 바였다. 몬스터의 개체 수가 급격히 늘어나면서 용병이나 마을로 자주 내려온다는 모양이다. 게다가 몬스터의 숲은 산 하나를 경계로 수도와 인접하다 보니 이를 심각하게 받아들이고 있는 모양이었다.

 몬스터의 숲에서 몬스터들이 수도의 빈민가까지 내려오는 경우도 심심찮게 있는 일이었다. 다행히 발렌이 고향에서 지냈을 때는 몬스터들이 아올란 마을을 습격하는 일은 없었다. 아주 드물게 오기는 했으나 용병들이나 마을 사람들 혹은 순찰병들이 사람들이 다칠까 빠르게 처리하기에 몬스터로 인한 피해는 전혀 없었다.

"듣기로는 황실에서도 이로 인한 문제를 많이 언급한다는 모양이야. 몬스터 준동이 시작될 징조는 아닐까 해서."

몬스터들의 개체 수를 줄이지 않으면 급격히 늘어난 몬스터들이 준동을 일으켜 아올란 마을은 물론이고 수도까지 진격할 수 있어 황실에서도 그냥 넘길 수 없는 문제였다. 실제로 몇 백 년 전에 이 문제를 가볍게 보다가 몬스터들에게 수도를 공격당해 심각한 피해를 초래한 적이 있다고 한다.

그런데 몬스터 준동은 50년에 한 번 있는 것으로 알고 있었다.

'하지만 아직 50년은 안 됐을 텐데?'

발렌이 알기로는 부모님께서 마을에 정착하기 전 이미 준동을 겪었다는 모양이다. 시기상 아직 몬스터 준동이 시작될 때는 아니라는 소리였다.

"그런데 이런 일에 황녀님께서 관심을 갖고 계시는 거야? 이거 몸 둘 바 모르겠는 걸?"

발렌이 장난스럽게 말하자 엘리즈가 피식 웃었다.

"황녀이기 전에 세인브리트 마법사니까. 무엇보다 병사들의 사기를 위해 황실 사람이 전쟁에 출정하는 경우도 적잖게 있거든. 만일 필요하다 싶으면 세인브리트 마탑에서도 지원을 갈 거야."

"그래?"

가벨과 아루스. 아마 그 둘은 황위 계승권 때문에 가기 싫어도 가지 않을까 생각이 들었다. 얼마나 나라를 위해 공을 세우느냐에 따라서도 황위를 물려받을 수 있느냐 없느냐가 갈리기 때문이다. 현 황제도 큰 공을 세워 지금 황위를 물려받았다고 하지 않던가. 아마 서로 공적을 올리기 위해 치열하게 싸우지 않을까 생각이 들었다.

"가서 조심해. 아, 그리고 만약 몬스터의 숲에서 심상치 않은 일이 생겨서 오게 되면 우리 집 잡화점에서 물건 좀 사 가도 되고."

"이럴 때 장사 권유하니?"

"구경만 하러 와. 신기한 물품까지는 아니더라도 우리 집 가게는 질 좋은 물품만 취급하거든."

엘리즈가 호호 웃었다.

"알았어. 아올란 마을에 가게 되면 한 번 구경 갈게."

발렌이 장난스럽게 미소 지으며 답했다.

"홍보도 해 주면 좋고."

엘리즈가 호호 웃었다. 그러고 보니 가족들에게 황녀랑 친구가 됐다고 말한 적은 없는데, 이 사실을 알면 다들 어떤 반응을 보일지 궁금했다.

\*     \*     \*

그렇게 시간이 지나고 휴가 날. 드디어 발렌은 오랜만에 자신의 고향으로 가는 마차로 향했다. 제이프는 잠시 짬을 내어 배웅을 나와 주었다.

"잘 갔다 와라. 몸조심하고. 도서관 일은 잊지 말고."

"관장님. 마치 제가 해고돼서 고향으로 돌아가는 것처럼 말씀하시네요."

발렌의 말에 제이프가 피식 웃었다.

"네가 대청소 날에도 안 돌아올까 봐 그런다."

일 년간 쌓인 발렌의 휴가일은 생각보다 길었다. 무려 3주나 되었다. 세인브리트 마탑 도서관은 관리할 곳은 넓지만 인원이 적어 그만큼 휴가가 길었다. 게다가 발렌은 숙직실에서 생활하며 밤에도 도서관 내부 순찰을 돌고 있기에 휴가가 더 많을 수밖에 없었다. 그걸 한 번에 몰아서 쓰니 무려 3주나 되었다.

"걱정하지 마세요. 그걸 생각해서 이틀 전에 세인브리트 마탑에 도착할 거니까요."

시간을 앞당겨서 오는 이유는 하나다. 오는 도중에 마차가 사고가 나도 안전하게 도착할 수 있는 기간을 생각한 것이다. 무엇보다 자신의 자리가 비어 있으면 그만큼 제이프의 일이 많아지기에 빨리 올 생각이었다.

"그러냐? 앞에 말한 건 농담이고, 빨리 온다면 나야 좋지만 급하게는 오지 마라."

제이프는 그래도 일 년간 쉬지 않고 근무한 그가 이번에는 쉬다 왔으면 하는 생각을 했다. 휴가란 일에서 잠시 벗어나 쉴 수 있는 기간이 아닌가. 놀 때는 확실히 놀고, 일할 때는 빡세게 일하자가 그의 신조였다. 그러나 역시 일이 많은 건 싫은 지 말을 덧붙였다.

"그렇다고 너무 여유롭게도 오지 말고."

그 말에 발렌이 피식 웃었다. 마부가 출발하겠다고 하자 그가 급히 마차에 몸을 실었다. 그리고 마차에 실었던 자신의 짐을 들다가 고개를 갸웃거렸다.

"왜 이리 무겁지?"

챙긴 것은 옷가지와 휴가 때 공부할 기초 마법 서적 밖에 없었다. 그렇게 많이 들고 온 게 아니라서 가벼울 텐데 어찌 무게가 두 배 이상 늘어난 것 같았다. 이곳의 손님은 발렌 단 한 사람이다. 짐은 마부가 직접 날라 주어 무게가 이

만큼 나가는지도 몰랐다.

'이상하다 분명 어제까지만 해도 이렇게까지 무겁지 않았을 텐데?'

그는 짐을 풀어 확인해 보았다.

"……이것들은 뭐야?"

발렌은 자신의 짐 안에는 옷가지와 책 말고도 돌멩이들이 한가득 있는 것을 발견했다. 그리고 곧 곱게 접힌 쪽지도 발견할 수 있었다.

내가 만든 것들을 사용해서 나중에 결과를 알려 줘. 알아보기 쉽게 색깔 별로 구분해서 넣었어.

"이바나씨……."

이름이 적혀 있지 않았지만, 이렇게 막무가내로 짐짝을 맡기는 게 누구인지 너무도 뻔했다. 발렌은 언제 이것들을 넣은 건지 이해하지 못했다. 그냥 버릴까 생각했지만, 보아하니 위험한 물품들 같으니 아무 곳에나 버릴 수도 없었다. 꼬맹이들이 이것들을 가지고 놀다가 사고라도 나면 큰일이니까. 하는 수 없이 이걸 가지고 가야 한다는 소리였다.

'하여튼 못 말린다니까.'

발렌은 한숨을 몰아쉬며 마차에 등을 기대었다. 집까지

가는 동안 한숨 푹 자자고 생각하며 눈을 감았다. 마차는 미끄러지듯 앞으로 계속 나아갔다.

*　　*　　*

"도착했다."

 발렌은 흘러내리는 땀을 닦아 내며 눈앞에 보이는 마을을 바라보았다. 그가 사는 마을인 아올란 마을이었다. 근일 년간 바뀐 모습은 거의 없었다. 바뀐 모습이라고는 바센트 산맥과 아올란 마을을 연결하기 위해 길을 만들려고 하는 것이었다. 예전부터 연결하고자 나라에서도 고민하고 있었는데 결국 이루어진 모양이다.

 길이 완성되려면 빠르면 몇 달, 늦으면 몇 년이 걸리겠지만 그래도 길이 만들어지면 교통 면에서 많이 편해질 것이다. 마차가 지나갈 수 없어 바센트 산맥 앞까지만 오는데, 길이 연결되면 아올란 마을까지 바로 갈 수 있을 테니까.

 오랜만에 보는 고향. 그가 콧노래를 부르며 마을로 향하자, 마을 이정표 앞에 꼬마들이 몰려 있는 것이 보였다. 발렌의 시선이 그쪽으로 향하자, 꼬맹이들이 갑자기 자리에서 벌떡 일어났다.

"오빠!"

"음?"

발렌이 유심히 꼬맹이들 틈 사이에서 손을 흔드는 아이를 바라보았다. 자세히 보니 여동생이었다. 이제 12살인 발렌의 여동생, 레이나. 발렌의 얼굴에도 반가움이 어렸다.

"렌!"

발렌이 레이나의 애칭을 부르며 손을 흔들자 그녀와 꼬맹이들이 일제히 몰려왔다. 순간 발렌의 주위가 꼬맹이들로 북적여졌다. 레이나는 발렌의 허리를 감싸 안으며 헤헤 웃었다. 자신의 동생이지만 참 귀엽다는 생각이 들었다. 그가 레이나의 머리를 쓰다듬어 주었다.

"오빠, 잘 갔다 왔어?"

"그래. 여기서 기다렸던 거야?"

"응! 친구들이랑 놀면서 기다리고 있었어."

"얼마나 기다렸는데?"

"음…… 글쎄? 잘 모르겠어."

혼자서 기다리면 지루했을 테니 친구들하고 함께 놀았던 모양이다. 언제 도착할 줄 알고 벌써부터 기다렸다는 말인가. 다행히 심심하지 않게 잘 놀고 있던 모양이다. 발렌은 빙 둘러보며 아이들을 살폈다. 익숙한 얼굴들이다. 같은 마을에 살고 레이나와 함께 잘 어울려 놀다 보니 익숙지 않을 리 없는 것이다. 가끔 집에 찾아와 자고 간 아이들도 있으니 말이다.

"그러고 보니 너희들도 참 오랜만에 보는구나. 다들 잘 지냈니?"

"네, 형!"

"네, 오빠! 어서 오세요."

다들 제각각 대답하며 반겨 주었다. 다들 이렇게 자신을 맞아 주니 참 감회가 새로웠다. 그런데 어째 다들 눈가가 왜 이렇게 초롱초롱한 건지 이해를 못하겠다. 마치 뭔가를 기대하고 있는 것 같은 모양새였다.

"오빠!"

"왜?"

"마법 보여 줘!"

그 의문은 곧 풀렸다. 다들 이런 목적이었구나 싶었던 것이다. 이 마을에 들르는 용병 중 마법사들은 있지만, 마법을 쉽게 보여 주지 않는다. 마법사들은 흔히 보았어도 마법을 본 이들은 거의 없었다. 발렌도 세인브리트 마탑 도서관에 들어가서 마법 구경을 한 적이 거의 없는데 이런 자그마한 마을은 오죽할까. 마법을 보고 싶은 그 마음은 십분 이해가 가지만 발렌은 난감한 표정으로 머리를 긁적일 수밖에 없었다.

"이거 어쩌지. 오빠는 아직 기초 마법학을 배우고 있는 단계인데."

"그게 뭐야? 마법 못 쓴다는 소리야?"

"응. 오빠는 이제 막 배우기 시작했거든. 그래서 아직 마법을 쓸 줄 몰라. 이제 고작 약간의 지식을 알게 되었을 뿐이니까."

"친구들한테 막 자랑했는데."

자신의 오빠가 마법사가 됐다면서 자랑했던 모양이다. 그리고 이렇게 데리고 온 것을 보면 자신의 오빠가 마법을 쓰는 걸 보여 주고 싶었던 것 같았다. 그 마음은 충분히 이해가 가기에 미안해졌다.

"나중에 오빠가 마법을 쓸 줄 알게 되면 그때 보여 줄게."

"언제?"

나중은 애매한 표현이니 확실하게 말해 달라는 듯 레이나가 되물었다. 발렌은 턱에 손을 짚었다.

"음…… 한 일 년 뒤에?"

"일 년? 너무 오래 걸리잖아."

솔직히 말해서 일 년 뒤에 마법을 쓸 수 있을까 걱정이 드는 것도 사실이었다. 그만큼 재능이 뒷받침되지 않아 서클을 만드는 것조차 언제가 될지 모르는 탓이다. 발렌은 풀이 죽은 레이나와 마을 아이들을 위로하며 부모님이 일하고 있을 잡화점으로 향했다.

\* \* \*

 레이나와 함께 잡화점으로 향하니 부모님이 그를 맞이해 주었다.

 "어서 오렴, 발렌."

 "왔구나, 우리 아들."

 일 년 만에 찾아온 아들을 반겨 주는 그의 부모님. 발렌의 아버지인 메튜와 어머니인 시이나. 시이나가 발렌을 꼭 끌어안으며 제일 반겨 주었다.

 "어머니는 한결같으시네요."

 세상에서 가장 존경하는 사람이 누구냐고 하면 발렌은 망설임 없이 자신의 어머니라고 대답할 수 있었다. 그에게 어머니는 정말 누구보다도 현명하고 아름다운 어머니였기 때문이다. 게다가 그녀의 외모는 20대 초반에서 딱 멈춘 것처럼 보였다. 외지 사람들이 발렌과 시이나가 함께 다정히 걷는 모습을 보면 연인으로 착각할 정도다. 마을 아주머니들이 가끔 젊음의 비법을 알려 달라고 할 정도니 말은 다 한 셈이다.

 '아버지도 여전히 정정하시네.'

 아버지도 거친 용병 일을 한 것과 달리 꽤 재미있으시고 발렌을 위해 많이 헌신했다. 발렌 스스로도 아버지의 절반이라도 자식에게 이렇게 해 줄 수 있을까 생각할 정도다. 다만 못 본 일 년 사이에 주름이 늘어난 기분이다.

원래 야외 활동이 많은 아버지는 피부가 구릿빛이다 못해 새까맣게 보일 지경이었다. 원래 마을 사람들이 야외 활동이 많기는 하지만, 메튜는 남들보다 배로 일하는 사람이었다. 나무꾼인 것도 있지만 목수도 겸해서 일하고 있기 때문이다. 게다가 때때로 일이 없으면 잡화점에서 일손을 돕고 있다. 순수한 체력 하나만큼은 젊은 기사들도 아버지를 못 따라올 거라고 생각했다.

"네가 보낸 서찰은 읽어 봤다. 황녀님의 독살을 막아 내고, 그 공으로 마법을 배우고 있다지? 황실에서 사람들이 와서 사례도 하고 갔다. 이웃 마을까지 너에 대한 소식이 알려졌어."

황녀를 구한 것은 그 누가 봐도 가벼이 여길 공은 아니었다.

"감사를 표하더구나. 원한다면 귀족의 신분을 주겠다고 했지만……."

"거절하셨군요?"

"그렇다."

아버지라면 분명 그럴 줄 알았다고 발렌이 미소를 그렸다.

"단번에 신분이 상승할 수 있는데 왜 안 하셨어요?"

"용병 생활을 하면서 귀족들을 여럿 만나보며 느낀 건데, 나와 전혀 맞지 않아서 말이다. 네 어머니도 그냥 이대로 사는 게 좋겠다고 말하기도 했고."

여기저기 행동 조심을 해야 하기에 활동적으로 움직이는 메튜와는 전혀 맞지 않는 신분이었다. 무엇보다 평민이 귀족이 되면 기존의 귀족들의 눈치를 많이 봐야 한다. 메튜의 성격상 그런 따분하고 고리타분한 세계에서 버틸 수 있을 리 없었다. 게다가 벼락출세를 하면 기존의 귀족들이 무시할 게 뻔하다. 귀족에게 무시를 당해도 상관은 없으나 굳이 안 받아도 될 무시를 당하면서 살 이유는 더더욱 없었다.

"게다가 너도 귀족이 되기보다 마법사가 되고 싶다고 하지 않았니? 이렇게 보니 너도 우리 자식은 자식이라는 생각이 들더구나. 마법을 배우는 건 즐겁니?"

발렌이 고개를 주억였다.

"예, 이제 고작 기초적인 지식을 알았을 뿐이지만요. 재능이 거의 없어서 다른 사람들보다 진척이 없다고 하지만…… 그래도 조금씩 배워 나가고 있어요."

그래도 발렌의 얼굴에 실망하는 표정이 없다는 것을 알아챈 메튜가 빙그레 웃었다.

"그래도 기쁘냐?"

"예. 무척이나요."

마법사를 동경하던 발렌이기에 마법을 배운다는 것은 행복 그 자체였다.

"자랑스럽구나."

메튜가 다시 한 번 꼭 끌어안았다. 포근함이 느껴지는 와중, 발렌은 문득 허리가 꽉 조인다는 걸 깨달았다. 메튜가 힘을 주고 있는 것이다. 그는 어째서인지 화가 난 얼굴로 그를 노려보고 있었다.

"하지만 다시는 위험한 짓은 하지 말거라. 네가 죽을 위기까지 있었다는 소식을 용병들에게 듣고 네 어머니와 내가 얼마나 놀란 줄 아느냐?"

용병들은 의외로 소식을 많이 가져온다. 게다가 수도와 이 마을이 가깝다보니 당연히 그 정보는 빠르게 도착할 수밖에 없었다. 걱정을 끼쳤다는 것에 죄스러운 마음은 분명 있지만…… 발렌에게는 그렇게 행동할 수밖에 없는 이유가 있었다.

"죄송해요."

'정말로 죄송해요.'

이 사과는 엘리즈를 구하면서 다친 일에 대한 사과뿐만이 아니다. 나중에 있을 더 많은 일들에 대한 사과였다.

# Chapter 04
## 잠깐의 행복

&lt;몬스터 준동의 이유&gt;

1. 자신들의 영역이 인간들에게 침범당해 완전히 잃을 위기에 처한 경우.
2. 먹이가 극단적으로 부족해진 경우.
3. 개체 수가 늘어나 영역이 늘어나야 할 경우.

기타. 그 외 알지 못할 이유들.

―『몬스터의 습성 도감』中 발췌―

\*   \*   \*

근 일 년 만에 집에 찾아온 발렌은 하루는 푹 쉬고, 그 이튿날부터 잡화점 일을 도왔다. 그가 하는 것은 어제 들어온 물품들의 수량을 확인하고, 기록하며 빈 공간에 물품을 놓는 일이었다. 이른 아침부터 잡화점의 문을 열기에 평소에는 시이나가 전부 했다. 레이나는 엄청난 잠꾸러기라서 이른 아침부터 일어나지를 못했다. 다행히 발렌은 밤늦게 자도 누군가가 깨워 주면 바로 일어났다.

"호호, 발렌 네가 오니까 일이 훨씬 수월하구나."

도서관 사서가 되기 전부터 했던 일이라서 그런지 그는 막힘없이 척척 해 나갔다. 한층 수월해진 일 처리에 시이나가 호호 웃었다. 원래대로라면 시이나 혼자서 했을 일이었다. 메튜는 나무꾼과 목수를 겸하고 있다. 나무꾼 일이 있을 때는 이른 새벽부터 벌목을 하러 숲으로 들어가기 때문에 일손을 도울 틈이 없었다. 두 사람이 하니 일도 두 배로 빠르게 할 수 있어 미소가 절로 지어지는 시이나였다.

"어머니, 앉으세요."

"어머, 이렇게까지 할 필요는 없는데. 우리 아들 신사가 다 됐구나."

발렌은 의자를 끌어 시이나에게 권했다. 발렌이 미소를 짓자, 시이나가 호호 웃으며 그가 권한 의자에 앉았다.

"그나저나 어머니는 여전히 고우시네요."

"호호, 갑자기 무슨 말이니?"

"어머니와 같이 손잡고 가면 연인이나 남매로 오해받았는데, 여전히 그럴 것 같네요."

자신의 어머니지만 정말 신기했다. 아직 마흔 살이 채 되지 않은 나이이기는 하지만 그래도 너무 젊어 보인다.

발렌이 어렸을 적 기억하는 어머니의 모습과 지금 보는 어머니의 모습은 머리 모양이나 옷을 빼고는 거의 변함이 없었다. 여전히 곱고, 아름다운 여인이었다.

'그에 비해 아버지는 주름도 많이 느셨지.'

메튜는 두 해만 지나면 쉰 살이 되고, 고생을 많이 한 덕분에 머리색이 하얗게 변하고 있었다. 반면 시이나는 메튜와 달라도 너무 달랐다. 외모는 물론 머릿결조차 윤기가 넘쳐흘렀다.

"저도 젊음의 비결이 뭔지 묻고 싶을 정도네요."

"호호, 얘는. 아직 젊으면서 벌써부터 젊음의 비결이 뭔지 물어보려고 하니?"

시이나는 재미있다는 듯 호호 웃으며 그의 등을 쓰다듬었다. 그렇게 오랜만에 이야기꽃을 피우고 있는 도중이었다.

딸랑—!

출입문에 걸어 두었던 방울이 울리며 한 거구의 남성이

잠깐의 행복 125

들어왔다.

"오, 발렌 아니냐. 어제 마을에 왔다는 소식은 들었다만. 오랜만에 집에 왔는데 일손을 도와주고 있니?"

발렌에게 너무도 익숙한 목소리에 얼굴이 환해졌다.

"주크 아저씨!"

구릿빛 피부에 비교적 얇은 무장을 한 병사였다. 주크는 아올란 마을의 순찰병들을 지휘하는 백인대장을 맡고 있는 사람이다. 아올란 마을 출신이기에 마을 사람들에게도 친절하게 대했으며 타지에서 온 병사들도 마을 사람들에게 매우 우호적으로 다가왔다. 그러나 발렌의 가족에게 주크는 단순히 아올란 마을 출신의 백인대장이 아니라 발렌의 은인이었다.

발렌이 열 살이 채 안 된 나이 때 친구들과 놀다가 마을까지 내려온 늑대가 발렌을 물어가려고 하는 걸 주크가 목격하고 구해 주었기 때문이다. 만일 그때 주크가 없었더라면 발렌은 지금 이 자리에 없었을지도 모른다.

"정말 오랜만이에요, 아저씨. 그간 잘 지내셨어요?"

"그래. 나야 늘 똑같지. 그런데 마을에 오자마자 부모님을 뵙는 건 그렇다 치지만 나한테 오지 않은 건 많이 섭섭하구나. 아저씨는 많이 슬프다."

말은 그렇게 했지만, 사실 그렇게 신경 쓰는 기색은 아니었다. 그는 딱히 사소한 것에 연연하는 사람이 아니었다.

"하하, 죄송해요. 오랜만에 마차를 타고 바로 바센트 산맥을 넘어오느라 많이 피곤했거든요."

발렌은 가족과 오붓하게 저녁 식사를 하고서 바로 곯아떨어졌다가 아침에 힘겹게 일어났다.

"이 녀석. 아주 잘 살고 있구나. 운동도 안 하는 걸 보니까. 그러고 보니 살이 좀 붙은 것 같기도 하고. 뭐, 비실비실 마른 것보다 보기는 좋다만."

확실히 발렌 스스로 느끼기에도 살이 조금 붙은 감이 없잖아 있었다. 아주 가난하게 생활하는 건 아니지만, 주위가 산으로 뒤덮여서 자연스럽게 산을 오를 일이 많은 곳이 바로 아올란 마을이다. 하지만 발렌은 마을 아이들에 비해 체력이 약했다. 책에 푹 빠진 이후로 밖에 나가기보다 집에서 책만 봤기 때문이다. 그래도 평소 지금처럼 잡화점 일을 돕고, 가끔 아버지의 일도 돕는 덕분에 기초 체력은 되었다.

"그나저나 세인브리트 마탑은 어떠하더냐? 괜찮은 곳이냐?"

"예, 좋은 사람들이 많은 곳이에요. 일하는 직원들도 똑 부러지면서 재밌는 분들이 많고요. 도서관장님도 좋은 분이시고요. 게다가 얼마 전에 마법사 친구까지 사귀었어요."

"세인브리트 마탑의 마법사가 특히나 고리타분하고 이기적이라고 들었는데 말이야. 사실은 그렇지도 않은가 보구나?"

사실 과장 하나 없이 맞다고 하고 싶지만, 자신의 직장을 남에게 안 좋게 얘기할 수 없어서 그저 어색하게 미소를 지을 뿐이다. 게다가 그 마법사 친구가 황녀라는 걸 알면 얼마나 놀랄까. 어떤 반응을 보일지 상상하며 속으로 웃고 있다가 문득 발렌이 물었다.

"그런데 주크 아저씨. 이른 아침부터 여긴 어쩐 일로 오셨어요?"

"아, 너를 봐서 반가운 마음에 깜빡 잊었구나. 사실 물건들을 공수해 줄 수 있는지 물어보려고 왔단다. 얼마 전 마을 외곽에 망루를 다수 설치하느라 다 써서 말이다."

"잔뜩 있기는 하지만 그건 영지에서 꾸준히 보급해 주지 않던가요?"

간혹 보급품이 부족한 현상이 있기는 하지만, 꾸준히 보급되어 어떻게든 메우는 건 가능한 것으로 알고 있다. 한데 어째서 잡화점에 와서 구입하려는 것인가 의아했다. 주크는 머리를 긁적였다.

"사실 보급품을 나르는 도중에 오크가 출몰해서 몽땅 빼앗겼다고 하더구나. 보급 마차가 이곳으로 오는 도중에 당한 것 같더구나. 급한 대로 마을에서 자체적으로 공수하라고 전령이 알려 왔단다."

몬스터들이 숲 밖으로 나오는 경우가 그렇게 자주 있는 일도 아니지만, 아주 없는 것은 아니었다.

"값은 일단 우리 쪽에서 지불할 테니 줄 수 있니?"

"어렵지 않죠. 필요한 물품이 뭔지 말씀해 주세요."

"목록은 여기 있단다."

주크가 가지고 온 쪽지를 건넸다. 쪽지에는 많은 수의 물품이 적혀 있었다.

"수량이 꽤 많네요?"

"그러게 말이다. 몇 달 전부터 갑자기 보급양이 많아졌더구나. 물론 그만큼 쓸 곳이 늘어나기는 했지만…… 혹시 수량이 부족하니?"

다행히 어제 물품이 들어온 덕분에 지금 당장 납품은 가능할 것 같았다. 수량이 안 되는 품목과 취급하지 않는 물품도 몇몇 있었으나, 다른 곳에 가면 바로 구할 수 있는 것들이다. 발렌이 깃펜과 종이를 꺼내 당장 납품 가능한 물품의 목록과 수량을 옮겨 적었다. 그리고 몇몇 품목에 동그라미를 그렸다.

"일단 동그라미 친 것들은 가게에서 취급하지 않아서 납품할 수 없을 거예요. 나머지는 다행히 어제 물건이 들어온 덕분에 창고에서 꺼내서 바로 납품할 수 있어요."

"그러니? 그래도 대부분 해결할 수 있어서 다행이구나."

주크가 안도의 한숨을 내쉬었다. 보급품이 부족하면 당연히 순찰병들이 일하는 데 큰 지장이 생길 수밖에 없었다.

"일단 납품하지 못하는 물품은 조셋 마을의 잡화점에 가 보시는 게 좋을 것 같아요. 거기는 용병들이 자주 다니는 곳이니 이곳에서 안 파는 물품도 취급하고 있다고 들었거든요."

"알려 줘서 고맙구나."

"아뇨. 오히려 이렇게 대량으로 구매해 주시는데 이 정도 정보는 싼 거죠."

이 잡화점에서 취급하지 않는 물품이지만 팔려고 마음먹으면 구할 수는 있겠으나, 딱 봐도 급해 보였다. 취급하지 않는 물품을 구하려면 더 오랜 시간이 걸릴 것이다. 생명의 은인인 주크가 곤란한 것보다 차라리 단시간에 처리할 수 있는 방법을 알려 준 것이다.

"주크 아저씨. 물품은 언제 가져가실 건가요?"

"부하들이 아침 식사를 하고서 일과를 시작할 때 바로 데리고 오마. 그리고 사흘 내로 돈을 지불할 수 있도록 하마."

그래준다면야 고마운 일이다. 발렌이 알겠다고 대답하

자, 주크가 금방 오겠다며 가벼운 발걸음으로 잡화점을 나갔다. 시이나가 발렌에게 물었다.

"얼마나 많이 사 가시기에 그러니?"

"대충 계산해 봐도 20실버 정도 되는 것 같던데요? 아마 하나하나 따져서 계산해 보면 더했으면 더했지 덜하지는 않을 거예요."

"그렇게나 많이?"

"예."

시이나가 놀란 눈으로 그를 바라보았다. 몇 실버 정도는 용병단에서 구입하는 경우는 있었지만 몇 십 단위의 실버만큼 구입하는 경우는 지금까지 잡화점을 운영하면서 처음 있는 일이었다.

고작 하루만에 20실버. 주로 용병이나 마을에서 사람들이 필요할 때 사 가는 경우가 많아 이런 거금을 한 번에 만지는 경우는 없었다. 순이익만 따지면 하루만에 10실버 이상 번 셈이었다.

"아들이 오니까 장사도 잘 되네. 역시 발렌은 복덩이라니까."

시이나가 후후 웃으며 발렌의 머리를 쓰다듬었다. 다 큰 아들을 어린아이처럼 쓰다듬는 모습에 그가 미소를 지었다. 발렌은 다정한 어머니의 손길을 거부하지 않았다.

*　　　*　　　*

 남바른 공작가의 저택에는 몬스터의 숲에 관한 소식이 계속해서 들어오고 있었다. 남바른 공작은 심각한 표정으로 보고서를 받으면서 머리를 쓸어 올렸다. 답답함과 믿지 못할 내용의 보고서들이 계속해서 눈앞에 놓여졌다.
 "몬스터 준동이 일어난 지 고작 20년이 조금 넘었을 뿐인데 벌써부터 몬스터 준동의 기미가 보이고 있다고?"
 남바른 공작령에는 몬스터의 숲이 딱 하나가 있다. 그곳은 50년에 한 번씩 몬스터 준동이 일어나는 곳이다. 예상 시기보다 이른 경우는 있었지만, 대부분 50년 가까이 되어서 일어나는 경우가 대부분이었다. 한데 이번에는 몬스터 준동이 일어난 지 고작 20여 년 만에 징조가 보이고 있었다. 남바른 공작이 불편한 기색을 보이며 보고서를 탁상에 세게 내려놓았다. 어찌나 세게 내려놓았는지, 손바닥으로 힘껏 내리치는 듯한 소리가 울렸다.
 "이 보고서들은 사실인가? 바렉 경?"
 남바른 공작의 가신인 바렉 남작이 그의 심기가 매우 예민해졌다는 것을 확인하고 조심스럽게 답했다.
 "그렇습니다. 공작 저하. 소신이 알아본 바로 용병들이 몬스터 준동의 기미가 보이고 있다고 속속들이 보고해 오고 있습니다. 몬스터들이 서로 잡아먹지 아니하고 있다 합니다. 며칠 전에는 나디스 백작령에서도 비슷한 광경을 목격했다고 합니다. 또한 나디스 백작령의 벨런 마을을 습격한 몬스터들도 종류가 다양했다고 합니다."

자연재해가 일어났을 때 몬스터나 동물들이 간혹 먹이사슬을 무시하고 서로를 돕는 경우는 있었다. 그러나 아무런 자연재해도 없는 상황에서, 거기다 오직 몬스터들만 그러한 행동을 취한다는 건 결코 가벼이 넘길 일이 아니었다.

"혹여 용병들이 몬스터의 숲 깊숙이 들어가 사냥을 오랫동안 한 것이더냐?"

"그것은 아니옵니다. 몬스터의 숲 깊숙이에는 트롤이 두 마리나 살고 있어 위험을 부담하는 용병은 없었다고 합니다. 설사 그렇다 하더라도 대규모 인원이 아닌 이상에야 몬스터 준동을 일으킬 만큼 몬스터를 잡을 수 있는 용병단도 없을 것입니다."

당연히 남바른 공작은 물론 나디스 백작도 몬스터의 숲에 원정간 적이 없다. 몬스터의 숲은 작정하고 원정을 하지 않는 이상에야 소탕하기 꺼려하는 곳이다. 완전히 소탕하려면 할 수 있으나 그만큼의 피해를 감수해야 한다.

몬스터의 숲은 그만큼 위험한 곳이다. 몬스터의 숲 외곽은 약한 몬스터들이 활동하지만, 깊숙한 곳으로 들어갈수록 강한 녀석들이 서식하고 있다. 어느 정도 지능을 가진 리자드맨과 고블린, 오크가 부락을 이루며 서식하는 곳이다. 실력이 뛰어난 용병 몇몇이 몬스터의 숲 깊숙이 들어가는 경우는 있지만, 어지간해서는 쉽사리 엄두를 내지 못하는 곳이다.

'설마 루베너 공작의 짓인가?'

루베너 공작은 남바른 공작과 적대 가문이기도 하다. 예부터 사이가 매우 안 좋았으며 영지전을 몇 번이고 했던 곳이기도 하다. 루베너 공작이 몬스터의 숲으로 몰래 사람들을 보내 몬스터 준동을 일으킬 확률도 있었다. 몬스터를 막느라 병력이 줄어든 틈을 타 영지전을 걸어오려는 속셈일지도 몰랐다. 말도 안 되는 일은 아니다. 실제로 몇 백 년 전 루베너 공작령에서 실력 있는 용병들을 고용해서 몬스터 학살을 지시한 적이 있다. 그로 인해 몬스터들이 위협을 느끼고 뭉쳐서 준동을 일으킨 사례가 있었다.

'하지만 루베너 공작은 바보가 아니다. 명분이 없는데 영지전을 걸어올 만큼 어리석지 않아.'

몬스터 준동을 일으키는 것까지 성공한다고 해도 영지전을 일으키는 건 다른 문제이다. 영지전을 일으키기에는 명분이 반드시 필요하다. 명분 없이 영지를 차지하겠다고 영지전을 걸어온다면 정치계에서 그는 매장당하게 될 것이다. 영지전은 그만큼 모든 영주들이 납득할 만한 명분이 중요했다.

'복잡하군. 복잡해. 루베너 공작이 한 짓이든 아니든 버젓이 몬스터 준동의 기미가 보이는데 무시할 수 없는 노릇이로군.'

남바른 공작은 빠르게 결정을 내리기로 했다.

"병력을 소집하여 몬스터의 숲 입구에 대기, 상황을 주시하라. 몬스터 준동 직전으로 판단되면 즉각 숲으로 진격, 몬스터들을 재빨리 처치하여 영지민들의 생명과 재산을 보호한다. 만일의 경우에 대비해 영지민들이 재빨리 피난할 수 있도록 준비도 철저히 하라! 이번 몬스터 준동 원정의 선발대로 멕서 경을 보내고, 후발대로는 레딘을 보내도록 한다."

"레딘 공자님을 보내신단 말씀이십니까, 공작 저하?"

"그렇다. 레딘에게도 이 소식을 알리도록."

레딘은 남바른 공작의 둘째 아들이자 기사이다. 후계자는 이미 첫째 아들로 결정되었다. 후계자를 정하기 위해서도 아닌데 몬스터 소탕을 위해 그를 보낸다고 하니 놀라지 않을 수 없었다. 그러나 오랫동안 공작 밑에서 일한 바렉 남작은 그의 의도를 정확히 짚을 수 있었다.

잠깐의 행복 135

'이번에 실전을 경험하게 하여 레딘 공자님의 실력을 끌어올리실 생각이시구나!'

 실전을 경험한 자와 경험한 적 없는 자의 차이는 명백하다. 백날, 천 날 수련만 하는 것보다 실전 한 번이 더 크게 작용했다. 제아무리 경지가 높아도 전쟁에서 실전을 경험한 이의 유연함에 당하는 경우도 부지기수다.

 남바른 공작은 레딘을 이번에 출정시켜 그 실력을 더욱 증진시킬 생각인 것이다.

 "그리고 아직 정확한 규모는 판단되지 않았으나 혹여 예상한 것 이상으로 준동이 시작될 수 있으니 수도에 지원군을 요청할 수 있도록 하라."

 "예스 마이 로드!"

 바렉 남작이 우렁차게 외치며 남바른 공작의 명령을 하달하기 위해 집무실 밖으로 나갔다.

 \* \* \*

 세인브리트 마탑. 평소와 다를 바 없는 생활이 진행되는 와중, 탑주는 남바른 공작령에서 몬스터의 움직임이 심상치 않다는 정보를 황실 관계자에게서 전해 들었다. 그리고 지금 막 이에 대해 회의를 마친 참이었다. 회의를 마친 그는 집무실에 들어온 황실 관계자에게 회의 결과를 말해 주었다.

"몬스터 준동이 일어나면 수도까지 위협을 받을 수 있는 바, 세인브리트 마탑에서는 몬스터의 준동이 시작되면 즉각 지원을 하겠다."

황실 관계자의 표정이 밝아졌다. 황실 마법사도 알아주는 마법사들이 많지만, 세인브리트 마탑은 뛰어난 인재들이 몰려 있는 곳이다. 지금의 바올라 제국이 있던 것도, 타국이 바올라 제국에 함부로 칼을 들이밀지 못하는 것도 다 세인브리트 마탑 덕분이었다. 대륙 곳곳에 그 명성이 퍼져 있는 바, 그것은 결코 허언은 아니다. 그들이 지원해 주겠다고 하면 분명 큰 힘이 되어 줄 것이다.

"황제 폐하께서 그 결정을 반기실 겁니다."

"황제 폐하께 근심 걱정하지 마시고, 명령만 내려 주시면 즉각 출발할 수 있게 준비하겠다고 전하거라."

"예, 탑주님."

황실에서 온 가신이 이 소식을 전하기 위해 곧장 황성으로 향했다. 탑주는 의자 등받이에 등을 기대고 천장을 바라보았다.

"몬스터 준동 때문에 폐하께서 우리를 부르시다니……."

딱히 귀찮거나, 하기 싫어서 그런 것이 아니다. 단지 황실에서 직접적으로 세인브리트 마탑에 도움을 요청하는 것이 의외였던 것뿐이다.

몬스터 준동 당시 세인브리트 마탑에서 지원을 간 사례는 몇 차례 있다. 하지만 수도까지 몬스터가 습격했을 때를 제외하고는 몇 없는 일이다.

탑주가 손을 가볍게 들자, 비서가 한 걸음 다가왔다.

"엘리즈와 이바나를 집무실로 부르게."

"알겠습니다, 탑주님."

비서가 집무실 밖으로 나가고, 약 10분 정도 기다리자 엘리즈와 이바나가 비서와 함께 안으로 들어왔다. 탑주가 앞에 놓인 의자를 가리키자, 그들이 조심스럽게 의자에 앉았다. 엘리즈와 이바나가 집무실 주위를 둘러보았다.

"집무실로 부른 경우는 처음이지?"

탑주의 집무실은 제자이지만 한 번도 들어와 본 적 없었다. 수련을 하기 전까지는 그가 집무실에서 일을 보기 때문이다. 만약 할 말이 있을 때면 탑주가 직접 그들을 찾아가거나 비서를 통해서 전달하는 게 전부였다. 탑주의 집무실은 함부로 들어올 수 있는 곳이 아니었기 때문이다. 손녀딸인 이바나도 마찬가지로 들어오지 못했다.

"너희들을 부른 이유는 이번에 마법 병단으로 참전시킬까 해서다."

엘리즈와 이바나가 놀란 눈으로 그를 바라보았다.

"전쟁이라도 난 건가요?"

이바나와 엘리즈가 동시에 똑같은 질문을 했다.

세인브리트 마탑에서 마법 병단이 참전하는 경우는 전쟁이 일어났거나 국가적 비상사태일 때이다. 그러나 너무 갑작스러웠다. 전쟁은 갑자기 준비할 수 있는 것이 아니다. 준비를 철저히 해야 하기 때문에 전쟁 준비에 대한 소문이 퍼질 수밖에 없다. 그러나 그들은 지금까지 전쟁에 대한 소문을 전혀 접한 적이 없었다.

"전쟁은 전쟁이지. 단, 타국과 싸우는 게 아니라 몬스터와 싸울 뿐이다."

그나마 다른 국가와 전쟁하는 것이 아니라는 게 다행이었다. 애초에 바올라 제국을 향해 칼을 들이밀 수 있는 국가가 몇이나 있겠는가. 비등비등하게 맞설 수 있는 국가라고 한다면 메이어 신성 제국뿐이다.

"남바른 공작령과 수도 경계에 몬스터의 숲이 존재하는 것은 알고 있느냐?"

그들은 동시에 고개를 주억였다. 왜 모르겠는가. 가끔씩 그곳에서 먹이를 찾아 수도 외곽까지 오는 몬스터도 있을 정도다.

"그곳에서 준동의 기미가 보인다고 한다. 개체 수가 폭발적으로 증가하고 있다고 황실에서 남바른 공작령의 상황을 전해 왔더구나."

"벌써 몬스터 준동이 일어난다고요?"

몬스터 준동이 일어난 것은 엘리즈가 태어나기 전이라고 들었는데, 벌써 몬스터 준동이 일어난다고 하니 의아할 수밖에 없었다.

"정확한 이유는 모르지만 개체 수가 한 번 크게 줄어들었다가 늘어났다고 한다. 무차별적인 사냥으로 몬스터들이 위협을 느끼고 준동을 일으켰을지도 모르겠구나."

정확한 이유는 더 조사해 봐야 알 테지만, 지금은 몬스터 준동이 일어날 수 있으니 만반의 준비를 해야 한다는 것이다.

"엘리즈."

"예, 스승님."

"너도 위저드급 마법사가 되었으니 이제 너도 마법 병단으로써 활약할 필요가 생겼다."

엘리즈는 며칠 전, 메이지의 벽을 허물고 당당히 위저드급 마법사가 되었다. 세인브리트 마탑에 오기 전부터 자질이 뛰어나 이미 막바지이기는 했으나, 그래도 생각보다 빠르게 위저드급 마법사가 되었다. 그리고 마법 병단은 주로 위저드급 마법사들을 위주로 출정하게 되어 있다.

"진정한 마법사는 실전도 같이 경험해 봐야 하는 법. 가만히 수련만 한다고 모든 걸 깨우칠 수 없는 법이다."

"예, 물론이죠."

엘리즈는 걱정하지 말라는 듯 고개를 크게 주억였다. 하지만 옆에서 듣고 있던 이바나는 마땅찮다는 표정으로 항의했다.

"할아버지. 리즈는 그렇다 쳐도, 저도 마법 병단으로 간다고요? 그런 게 어디 있어요?"

이바나는 아직도 메이지급 마법사이다. 마법 병단에 가기에는 무리였다. 그러나 탑주는 담담한 표정으로 대답했다.

"지금은 일하는 중이다. 스승님, 하다못해 탑주님이라고 불러라."

"예, 예. 스승님."

이바나는 대충 대답해 버렸다. 자신의 손녀딸이지만 참 귀엽지 않게 대답한다 싶었다. 하기야, 옛날에 힘들게 만들어 낸 개발품들을 전부 버린 앙금이 여전히 남아 있을 것이다. 그때부터 이바나는 자신에 대한 저항심이 생겼고, 언짢게 대답하고는 했다.

"너도 갈 필요성이 있을 것이라 생각했다. 마법의 진전은 거의 없고, 오로지 마도구를 만드는 것에 집중하고 있지 않느냐."

 이바나가 마법에 관심이 없는 것은 알고 있지만, 재능을 썩히고 있는 것이 내심 안타까웠다. 선천적으로 재능이 있어 자신보다는 아니지만 알아주는 마법사가 될 수 있을 것이라 기뻐했더니, 어느 순간부터 연금술사처럼 마도구 연구에 집착하게 되었다. 자신의 손녀가 어쩌다가 이렇게 되었는지 전혀 알지 못할 일이다.

"할아버지도 수련 시간에는 열심히 하는 조건으로 만드는 것을 허락하셨잖아요."

 실제로 이바나는 수련 시간에는 항상 나와서 엘리즈와 함께 열심히 수련을 받고 있었다. 탑주도 수련 시간에는 무척 열심히 하고 있다는 건 알고 있지만, 딱 그때뿐이라는 게 내심 걸렸다.

"진정 경지를 쌓기 위해서는 수련 시간 외에도, 보이지 않는 곳에서도 열심히 해야 하는 법이다. 그리고 실전만큼 경험을 쌓을 수 있는 것은 없지. 가서 직접 체험해 보고 많이 배우거라."

 결국 그녀를 보내는 이유는 실전을 직접 체험해 보고 경험을 쌓으라는 것이다. 이바나는 못마땅한 얼굴이지만, 탑주의 고집도 만만치 않았다. 똥고집이 이 집안의 내력이지 않던가. 게다가 탑주인 할아버지가 직접 정한 것이니 항의

한다고 해도 소용없는 짓이었다. 이바나는 혀를 차면서 땅이 꺼지도록 한숨을 내쉬어야 했다.

"명령이 떨어지면 세인브리트 마탑에서도 인원을 선별하여 마법 병단에 예속, 제국군과 함께 싸우게 될 것이다. 아직 시기상조이기는 하지만, 언제든 출정할 수 있도록 준비하거라. 이바나는 메이지급 마법사라는 걸 감안하여 앞으로 나서지 말고 항상 뒤에서 싸우거라."

"그래도 손녀라고 후방에 보내 주시고. 절 걱정해 주시는 건가요?"

"……."

탑주는 덤덤한 표정으로 그녀를 바라보았다. 이바나는 피식 웃었다.

"제 몸은 제가 지킬 테니 염려 붙들어 매세요. 죽을 생각도 없고요."

아직 만들고 싶은 마도구가 몇 개인데. 그곳에서 죽으면 억울해서 눈도 제대로 못 감고 죽을 것이다.

\* \* \*

오랜만에 잡화점 일을 돕고 자신의 방으로 들어온 발렌은 기초 마법에 대해 서술한 책을 읽으며 열심히 공부하고 있었다. 악취가 나면 곤란하니 샤워를 하기 전에 마나 호흡법을 하기로 하고, 그 전에는 책을 읽으며 필기를 하는 것이었다. 이미 그가 따로 준비한 종이는 벌써 몇 장이나 빼곡하게 마법 용어와 이론에 대해 필기되어 있었다.

이해가 되지 않는 것들은 사전을 찾아가며 일일이 확인하고, 필기도 같이 했다. 그렇게 얼마나 오랫동안 하고 있었을까. 발렌은 문득 책이 잘 안 보인다는 것을 느꼈다. 그제야 정신을 차리고 시선을 밖으로 향했다.

"나도 모르는 사이에 해가 넘어갔구나."

벌써 해가 가라앉고 어둠이 짙게 깔려 있었다. 가끔 흥미 있는 책을 읽을 때도 이랬을 때가 많았다. 그는 서랍을 열어 그 안에서 랜턴과 부싯돌을 꺼냈다. 다행히 랜턴 안에 기름이 있었다. 기름이 가득 들어 있는 것을 보니 자신이 집에 와도 책을 볼 거라 생각해 시이나가 채워 둔 모양이었다.

똑! 똑!

누군가가 방문을 두드렸다. 곧 시이나의 목소리가 들려왔다.

"발렌, 안에 있니?"

"예, 어머니. 들어오세요."

시이나가 방문을 열고 안으로 들어왔다. 시이나는 랜턴

을 든 채 방문을 열었다.

"어머, 불도 안 켜고 책을 들여다봤니? 그러다가 눈 나빠지면 어쩌려고 그러니?"

"저도 이제야 알았어요. 마침 랜턴을 켜려던 참이었어요."

발렌은 들고 있는 랜턴과 부싯돌을 들어 올렸다. 시이나는 못 말린다는 듯 옅게 웃어 보였다.

"랜턴은 나중에 켜도록 하고, 밖으로 나오겠니?"

"할 거 있어요?"

"식사해야지."

"아……."

그러고 보니 잡화점 일을 돕고서 바로 방에 와 공부한다고 식사도 거르고 있었다. 발렌은 그제야 배가 꼬르륵 거리는 것을 들었다. 시이나는 손으로 입을 가리며 호호 웃었다. 그는 시이나의 뒤를 따라 이동했다.

"어머니. 주방이 아니라 왜 밖으로 가세요?"

"호호, 따라오면 안단다."

발렌은 고개를 갸웃거리며 곧 집 문을 열고 밖으로 나갔다. 그러자 맛있는 냄새가 그의 코를 강하게 자극했다.

'이 냄새는?'

익숙한 냄새. 시이나의 뒤를 따라 도착한 곳은 바로 집

앞마당이었다. 그곳에는 발렌의 가족뿐만이 아니라 이웃 사람들이 모여 있었다. 아이들도 돼지를 굽는 것을 보며 군침을 삼키고 있었다. 레이나가 발렌을 발견하고 손을 하늘 위로 번쩍 올리며 흔들었다.

"오빠, 얼른 와!"

레이나가 들뜬 표정으로 그를 부른다. 발렌은 곧 사람들이 모여 있는 곳으로 갈 수 있었다.

"우와, 돼지 한 마리 잡으신 거예요?"

돼지고기의 양을 보아하니 보통 양이 아니었다. 이웃 사람들이 모여도 부족함 없이 먹을 수 있을 양이었다.

"오늘 무슨 날이던가요? 렌의 생일도 아니고, 어머니와 아버지의 결혼기념일도 아닌데."

렌의 생일이나 부모님의 결혼기념일에도 이렇게까지 한 적은 없던 걸로 기억했다. 딱히 기념할 만한 날은 없었다. 대축제 때 이웃 사람들이 돼지나 소를 잡는 경우는 있지만 대축제는 이미 끝난 지 꽤 됐다. 돼지고기를 실컷 먹을 수 있다는 것은 좋지만, 갑자기 이렇게 이웃 사람들이 모여 잔치를 벌이니 무슨 영문인지 알지 못했다.

"호호, 사실은 어제 네 아버지가 일 년 만에 아들이 왔으니 닭을 잡자고 했단다. 그런데 오늘 생각지 않게 거금이 들어왔잖니. 그래서 네 아버지가 돼지를 잡아 이웃 사람들을 초대했단다."

 메튜는 기분이 좋은 날이나 특별한 날에는 이웃 사람들을 초대해서 크게 잔치를 하고는 했다. 그때는 이웃 사람들이 각자 먹을 걸 준비해서 오는데, 이번에는 일 년 만에 발렌이 왔으니 크게 한 턱 낸 것이다. 물론 갑자기 거금이 들어오지 않았더라면 이런 일은 꿈에도 못 꾸었을 일이지만.

 이웃 사람들도 이런 메튜의 모습을 싫어하지 않았고, 오히려 그 분위기에 어느새 동화되어 같이 따라하는 편이었다. 그 덕분에 아올란 마을에서는 경사가 있는 날에는 축제를 벌이게 되었다.

 "이거 참, 뭐라 감사의 인사를 드려야 할지…… 저는 단지 상부에서 공수하라고 하여 한 것뿐인데……."

 이곳에 초대된 사람 중에는 주크와 그의 부하들도 포함되어 있었다. 순찰병들은 의도치 않게 초대를 받게 되어 이곳에서 같이 바비큐 파티를 하게 되었다.

 "하하, 그래도 우리 가게에 와서 사간 것만 해도 얼마나 고마운 일인가. 자자, 여기 술 받게나."

 메튜는 주크에게 어깨동무를 하며 술을 권했다. 주크는 침을 꼴깍 삼키며 술병을 바라보았다. 먹고 싶은 욕구를 보이는 주크. 그러나 그는 고개를 저었다.

 "미안하네만 난 내일 오전부터 근무를 해야 하네."

"뭘 딱딱하게 그런 걸 신경 쓰나. 조금만 마시면 될 것을. 자자, 조금만 마시게."

메튜가 기어코 주크의 잔에 술을 따라 주었다. 주크는 헛기침을 하다가 술의 유혹을 뿌리치지 못했다.

"따로 싸 줄 터이니 근무 때문에 오지 못하는 부하들도 주게. 이런 날이 아니면 이렇게 배 터지게 먹겠나?"

주크는 고맙다고 인사하며 그와 술잔을 부딪쳤다. 발렌은 이 모습을 보며 가볍게 미소를 지었다. 오랜만에 고향으로 오니 정말 좋구나 싶었다.

\* \* \*

몬스터의 숲 입구. 남바른 공작가의 병사들이 도착하고, 천막을 설치하여 언제고 몬스터 숲에 돌입할 수 있게 준비 중이다. 오늘따라 유독 안개가 심하게 껴서 스산한 분위기가 숲 주위를 감싸고 있었다.

한 치 앞도 분간하지 못할 정도로 심한 안개임에도 순찰병들은 주위를 돌아다니며 보초를 섰다. 몬스터의 숲 인근에 도달했지만 병사들에게는 긴장감이라고는 찾아볼 수 없었다. 남바른 공작가에서 일하면서 자연스럽게 몬스터와 접촉할 일이 많다 보니 익숙해진 것이다. 그리고 그들 중

정찰병들은 숲 안으로 들어와 몬스터의 동태를 살펴보는 중이었다.

"이거야, 원. 안개 때문에 도무지 앞을 분간하기가 힘들구먼."

정찰병 중 한 명인 메넌트는 한숨을 내쉬며 나무 뒤에 숨어 정면을 바라보았다. 그는 남바른 공작가의 군 간부이자 십인장이었다. 한때 용병으로 영지전에 참전했던 경험이 있으며 지휘 능력을 인정받아 남바른 공작가에서 일하게 된 것이다. 그는 이번에 상부에서 떨어진 명령으로 정찰 임무를 맡게 되어 발이 빠른 이들을 선발하여 정찰 중이었다.

"헉헉. 십인장님. 잠시 쉬었다 가면 안 됩니까?"

뒤따라오는 후임 병사들이 숨을 거칠게 몰아쉬었다. 그 모습을 보고 메넌트가 쯧쯧 혀를 찼다. 한참 젊은 놈들이 체력이 없어서 조금 올라왔다고 헥헥 거리고나 있다. 물론 이것은 메넌트가 체력이 매우 좋아 생긴 일이다. 그를 따라갈 수 있을 만큼 체력이 좋은 일반 병사는 극히 드물었다.

"우리가 올라온 지 얼마나 됐지?"

"한 시간이 훨씬 지났습니다. 십인장님."

"……벌써 그렇게 됐나?"

부하들이 고개를 주억였다. 그러고 보니 한 시간 동안 거의 쉬지 않고 산을 올라오기는 했다. 메넌트는 곧 그들에게

잠깐의 행복 149

10분간 휴식 시간을 갖도록 했다. 휴식 명령이 떨어지자 정찰병들은 그제야 살았다는 듯 자리에 털썩 주저앉았다. 메넌트도 일단 쉬기로 하고 아무 곳에나 털썩 주저앉았다. 그리고 그의 부하 중 한 명이 그에게 다가왔다. 엘럭이라는 이름의 신입이었다.

"십인장님. 잠시 용변 좀 보고 와도 되겠습니까?"

"그래. 멀리 가지는 말고 바로 합류해라."

"예."

십인장의 허락이 떨어지자, 부하가 다른 곳으로 이동했다. 메넌트는 수통을 꺼내 물을 마셨다.

그들의 임무는 숲 근방의 몬스터들부터 확인하는 것이었다. 몬스터 준동이 일어날 때는 몬스터의 숲 외곽 쪽에 위치한 약한 몬스터들부터 반응이 있기 때문이다.

'이놈의 안개가 걷히든 말든 해야 알 수 있을 것 같은데.'

용병들이나 몬스터에 대해 잘 아는 자들이 먼저 알아 본 바 몬스터 준동의 조짐이라고 하지만, 남바른 공작은 확실한 것을 추구하는 사람이었다. 이번에 병사들을 1,000명이나 보냈으면서 몬스터의 숲으로 바로 진격하지 말고 조사부터 하라는 이유도 그 때문이었다. 그 덕분에 메넌트도 이렇게 고생을 하고 있었다.

'이럴 줄 알았으면 그냥 속 편하게 용병 일이나 계속할 걸.'

단번에 십인장의 자리에 오고, 그간 용병 생활 때의 활약상으로 빨리 진급할 수 있을 것이라고 해서 혹해 들어왔는데, 자신과 너무 맞지 않았다. 조금만 잘못해도 상부에서는 욕하고, 기껏 시키는 대로 했더니 또 다른 일거리를 만들어서 하라고 지시하고. 고생은 고생대로 하고, 보람도 없었다. 게다가 상사들의 눈치를 보기까지. 이미 5년 동안 봉급을 받고 일하기로 계약했기에 나가고 싶어도 나갈 수 없었다.

'제때 돈이 나오는 건 좋은데 말이지.'

불특정하게 돈을 버는 용병보다야 나은 벌이지만, 그래도 상사의 눈치를 보는 게 가장 큰 단점이었다.

'지금 내가 오늘로 딱 4년 일했으니까. 1년 남았다. 1년 후에는 다시 용병 생활이나 하자.'

차라리 그게 마음 편했다. 수익이 불규칙적이고 가끔 적자에 시달리기는 해도 남의 눈치를 안 봐도 되며, 간혹 대박을 쳐서 돈도 왕창 벌 때도 있었다.

'십인장을 하면서 모은 돈도 꽤 되니까 몇 년 안으로 용병도 은퇴하고 조용히 고향에 내려가서 밭이나 일구며 살아야지.'

잠깐의 행복 151

메넌트에게 그것이 가장 큰 목표였다. 그렇게 즐거운 미래를 상상하던 그는 대충 시간이 되었다 판단하고 자리에서 일어났다.

"자, 휴식 끝! 다시 이동하자."

메넌트가 먼저 자리에서 일어나고 인원을 살폈을 때 한 명 부족하다는 걸 깨달았다. 총 네 명이 왔기에 한 명이 없어져도 금방 티가 났다.

"엘럭. 엘럭은 어딨지?"

"잠시 용변을 본다고 한 이후로 안 왔습니다."

"아직도 안 왔다고? 작은 게 아니라 큰 거 보러 간 거였나? 엘럭! 어디 있는 거냐! 들리면 대답하거라!"

10분이면 충분히 용변을 보고 남을 시간이다. 메넌트는 소리를 질러 엘럭을 불렀다. 귀를 기울였지만 반응은 없었다. 혹시 엉뚱한 방향으로 간 게 아닐까 그런 생각이 들었다. 그는 하는 수 없이 엘럭이 향했던 방향으로 갔다.

"멀리 가지 말라고 하니까 멀리 가서는……."

메넌트가 혀를 차며 나중에 합류하고 나면 꾸짖어주자고 생각할 때였다.

툭!

발치에 뭔가가 차였다. 나뭇가지인 것 같지는 않다. 부드러운 무언가다. 메넌트의 시선이 자연스럽게 아래로 향하고, 곧 그의 눈이 휘둥그레질 수밖에 없었다.

"에, 엘럭?!"

바로 지금까지 찾던 엘럭이었다. 엘럭은 공포에 질린 얼굴로 피를 흘린 채 쓰러져 있었다. 정찰병 두 명이 이를 보고 놀라 엉덩방아를 찧었다. 반면 메넌트는 황급히 엘럭을 살폈다. 그가 입고 있던 가죽 갑옷과 옷을 살피며 인상을 찌푸렸다.

'이건 검상?'

깔끔하게 베이고 찔린 흔적. 이것은 칼이 아니고서야 날 수 없는 상처였다. 지금 그들이 있는 구역에 지능이 있는 몬스터는 없다. 고블린과 코볼트 정도라면 있을지 모르지만 논외였다. 고블린과 코볼트는 단도를 든다. 이 검상은 단도로 생길 상처들이 아니다. 옆으로 일정한 흐름을 타고 크게 베인 것을 보면 롱소드로 벤 것이다. 누군가가 엘럭을 죽이고 도주한 것 같았다.

'왜?'

다른 이도 아니고 그가 걸친 옷을 보면 병사라는 걸 알 수 있다. 아무리 타국에서 건너 온 용병이라고 하더라도 병사들의 옷 정도는 구분할 수 있다. 그를 죽일 이유도 없다. 무엇보다 없어진 물품이 하나도 없었다. 검도 바로 옆에 떨어져 있고, 품에 넣어 두었던 돈주머니도 그대로였다. 아무리 질 나쁜 용병이라고 해도 이유 없이 병사를 함부로 공격하지 않는다.

'게다가 이 표정은 뭐지?'

엘럭은 공포에 질린 얼굴로 죽어 있었다. 이렇게까지 공포에 질릴 이유가 없었다. 그는 저항다운 저항도 못해 본 것처럼 보였다. 도주를 할 생각도 못 하고 공포에 짓눌려 얼어 버린 것이 맞는 말일 것이다.

"엘럭을 데리고 서둘러 돌아간다."

갑자기 무슨 일이 터졌으니 이는 분명 조사해 볼 일이다. 메넌트가 엘럭을 어깨에 들쳐 업을 때였다.

덜그럭— 덜그럭—

처음 듣는 이상한 소리가 주변에 울려 퍼졌다. 병사들이 한 곳에 모이며 일제히 무기를 손에 움켜쥐다가 경악하고 말았다.

"저, 저건……."

안개 속에서 나온 정체불명의 뭔가를 보고 그들은 죽은 엘럭과 같은 표정이 될 수밖에 없었다. 실전에서 여러 경험을 한 메넌트도 별로 다를 바 없었다. 공포가 그들을 바보로 만들어 버렸다. 그 사이 안개 속에서 정체불명의 뭔가는 계속해서 그들을 향해 다가왔다.

Chapter 05
깨진 일상

<남바른 공작령>

영주: 남바른 공작가

성향: 기사 가문

―비옥하고 황폐한 땅을 동시에 가지고 있는 영지. 바올라 왕국 건국 당시 활약한 가문 중 하나. 예부터 기사 가문이며 700여 년 전 악룡을 퇴치하여 남작가였던 가문을 바올라 제국 제일의 가문으로 급부상. 악룡 퇴치에 공을 인정받아 그 공을 기리기 위해 오직 황실의 상징인 드래곤 엠블럼을 남바른 공작가만 예외적으로 사용할 수 있도록 허가

를 받았다. 명실상부 바올라 제국 최고의 귀족가이
다.

—『바올라 제국의 영지』中 발췌—

    \*   \*   \*

 일주일 후. 고향에서 휴가를 보낸 지 어느덧 열흘째 되는 날이었다. 발렌은 레이나와 함께 마을 근방에 있는 시장에서 장을 보고 오는 중이었다. 집에 식재료가 부족해져 심부름을 하는 것이다. 겸사겸사 레이나가 먹고 싶어 하는 군것질 거리도 사 주고, 발렌도 군것질 거리를 손에 들고 집으로 향하는 길이었다.
 "이랴! 이랴!"
 말을 모는 기사와 기병들이 시장 밖으로 빠르게 이동하는 긴 행렬이 보였다. 그 뒤에 달려가는 병사들도 심심찮게 보였다. 어린아이들은 옹기종기 모여 행렬을 구경하고 있었다.
 '요즘 병사들의 움직임이 이상하네.'
 최근 몬스터의 숲에서부터 이상한 일들이 벌어지고 있다는 소문이 들려왔다. 평소 안개가 잘 안 끼던 몬스터의 숲에서 최근 매일 아침마다 안개가 자욱해지는 일이 많아지고, 정찰병들이 죽는 일도 있었다고 한다. 몬스터의 숲과 관련된 이상한 소문은 옛날부터 나돌고 있었지만, 이번에는 분위기부터 심상치 않았다. 가끔 천을 뒤집어씌운 마차들이 아올란 마을을 통과하는 것도 심심찮게 있었다.

사실인지 어떤지는 모르지만, 아올란 마을 사람들 중 조셋 마을에 가서 직접 본 사람도 있다는 모양이다. 직접적으로 몬스터와 싸우기 전 정체불명의 이유로 계속 정찰병들이 죽어 나가니 증원부대가 서둘러 이동한다는 모양이다.

"세인브리트 마탑에서도 마법 병단을 조직하여 온다는 모양인데……."

이미 몬스터 준동이 시작하기 전부터 그런 소문이 돌고 있었다. 아올란 마을은 조셋 마을로 가기 위한 길목 같은 곳이라서 거짓 소문은 극히 적었다. 마법 병단이 조셋 마을로 향한다고 술집에서 말하기에 정보가 순식간에 퍼지는 것이다.

"오빠, 병사들이 많이 지나간다. 전쟁이라도 난 거야?"

레이나가 소매를 붙잡으며 당겼다. 발렌이 피식 웃으며 고개를 저었다. 소문을 접하는 것보다 친구들과 노는 게 더 좋은 레이나는 이 상황을 보고 전쟁이 났다고 생각할지도 모르겠다. 발렌은 걱정하지 말라는 듯 레이나의 머리를 쓰다듬었다.

"아냐. 몬스터들을 소탕하려고 오신 분들이야. 우리와 마을을 안전하게 지켜 주시려고."

"그렇구나!"

레이나는 이해한 듯 과장스럽게 고개를 끄덕였다. 그 모습을 보니 저절로 웃음이 나오는 발렌. 그렇게 한참 뒤에야 병사들이 모두 지나가고, 사람들이 다시 통행을 할 수 있었다. 발렌은 레이나와 곧 잡화점에 도착할 수 있었다.

"어머니, 다녀왔습니다."

잡화점 문을 연 발렌. 그러나 곧 눈이 휘둥그레졌다. 시이나가 여기에 절대 있을 리 없는 두 사람과 대화를 하고 있었기 때문이다.

"리즈? 이바나 씨?"

발렌이 의아한 얼굴로 엘리즈와 이바나를 바라보았다. 설마 그녀들이 이곳에 올 줄은 전혀 몰랐기 때문이다.

"어머, 발렌 왔구나."

시이나가 호호 웃으며 발렌을 맞이해 주었다.

"네 친구분들이 와서 잠시 대화를 하고 있었단다."

발렌은 아직도 어리둥절한 표정으로 엘리즈에게 물었다.

"어떻게 우리 집 잡화점에 찾아왔어?"

엘리즈 대신 이번에는 이바나가 대답했다.

"발렌네 잡화점이 어디냐고 물어보니까 사람들이 다 알

던데? 이 마을에서 너 꽤 유명인이더라?"

"이 마을에서는 처음으로 수도에 직장을 둬서요. 게다가 마을도 큰 편은 아니고요."

거리를 지나다니면 아는 사람을 무조건, 그것도 여러 명 만난다. 그만큼 아올란 마을은 작은 마을이었다. 게다가 수도와 가깝지만 수도에서 일하는 사람은 없었다.

그가 일하는 곳은 바올라 제국 최고의 마법사들이 모인다는 세인브리트 마탑이지 않던가! 물론 도서관 사서로 일할 뿐이지만, 마을 사람들에게 그런건 중요하지 않았다. 마을 사람들 중 최고의 기관에서 일하는 것으로 이미 유명세를 타 버렸다.

'게다가 리즈를 구한 것도 크게 한몫을 했고.'

마을의 자랑으로 여겨지는 것 같기는 하지만…… 솔직히 마을 사람들의 태도가 달라지지는 않았다. 차라리 그게 속이 편했다. 대우가 달라졌으면 발렌도 부담스러웠을 테니까.

"그나저나 마탑에서 몬스터 준동 때문에 마법 병단을 꾸려서 온다는 소식은 들었지만 설마 같이 온 거였어?"

"맞아. 스승님께서 실전을 경험해 보라면서 우릴 마법 병단에 넣으셨어."

"그렇구나."

깨진 일상 161

발렌은 힘든 일을 하는구나 싶었다. 그런데 웃고 있는 엘리즈와 다르게 이바나의 표정은 썩 내키지 않는 듯 보였다.

"이바나 씨. 어디 아프세요?"

"아프기는 무슨. 리즈랑 다르게 난 강제로 오게 된 거야. 난 위저드급 마법사도 아닌데 할아버지가 억지로 보냈다고. 실전을 경험하기는 무슨. 기사 시종들처럼 뒤에서 보조해 주는 것과 뭐가 달라."

첫 번째만 대답이고 나머지는 불평불만을 구시렁거리는 것이었다. 발렌은 어색하게 웃을 수밖에 없었다. 그렇게 어색하게 웃는데 발렌의 소매를 레이나가 쭉 잡아당겼다.

"오빠, 오빠!"

"왜?"

"이 언니들 예쁘다. 오빠 친구들이야?"

발렌이 미소를 지었다.

"응. 인사하렴. 세인브리트 마탑에서 지내고 있는 오빠 친구들이야."

"후후. 네가 발렌의 동생이구나? 이름이 뭐니?"

"내 이름은 레이나야!"

"귀여운 이름이구나."

처음 보는 사람에게 낯을 안 가린다는 생각이 들었다. 레이나는 아주 어렸을 적부터 이랬다. 근 일 년 간 키가 조금

컸을 뿐 알맹이는 전혀 변한 게 없는 귀여운 동생을 보며 미소가 지어졌다.

"난 엘리즈라고 한단다."

"오빠는 리즈라고 하던데, 그럼 리즈는 애칭이야? 그럼 나도 리즈 언니라고 부를래! 난 렌이라고 불러, 언니!"

엘리즈는 고개를 끄덕이며 귀엽다는 듯 레이나의 머리를 쓰다듬었다. 발렌이 봐도 레이나는 정말 엄청난 친화력을 갖고 있었다. 처음 보는 사람이라도 신기하고 궁금한 게 있으면 바로 다가가 질문 공세를 하고는 했다.

언제 한 번은 상인이 왔을 때 레이나가 특유의 친화력을 발휘해 싼 값에 물건을 들여올 수 있도록 도운 적도 있었다. 단지 이곳저곳 마차를 타고 다니는 상인을 보고 여행도 하겠다는 생각에 이것저것 물어봐서 친해진 것이었다. 덕분에 지금 잡화점에서 물품을 납품하는 상인은 몇 년이 지난 아직도 거래를 하고 있었다.

"네 동생 정말 귀엽다."

"렌은 낯을 거의 안 가려. 좀 버릇없이 굴어도 이해해 줘."

"후후, 버릇이 없기는. 이 나이에는 당연한 건데."

엘리즈가 후후 웃으며 레이나의 머리를 계속 쓰다듬었다. 레이나도 그녀의 손길을 거부하지는 않았다.

"난 오라버니들과 언니만 있어서 동생이 있는 게 꿈이었

깨진 일상 163

는데. 아바마마와 어마마마에게 동생 만들어 달라고 말씀드렸을 때의 그 표정은 아직도 안 잊혀져."

가신들이 있는 곳에서 그런 말을 했다는 게 가장 큰 문제였다. 그 때문에 대전이 순식간에 웃음바다가 되었다는 건 황실 내부에서 아직까지도 유명한 일화로 손꼽힐 정도다.

"나도 그런 적이 있었는데."

어릴 적에는 누구나 한 번씩 있던 일이다. 발렌은 옛 생각이 들자 피식 웃었다. 그의 경우 동네 친구 중 한 명에게 형이 있었는데, 같이 노는 것을 보고 부러워했던 적이 있었다. 당시에 발렌은 외동이었기 때문에 형제가 있는 집이 매우 부러웠었다.

"난 형을 동경해서 부모님한테 형을 만들어 달라고 했던 적이 있었지. 그때 아버지와 어머니가 얼마나 웃으셨던지."

지금은 왜 그렇게 웃었는지 이해하지만, 그때는 왜 웃느냐며 서러운 마음에 울었던 발렌이었다. 참 순수한 아이였구나 싶다. 뒤에 지켜보고 있던 시이나가 그때의 일이 떠올랐는지 호호 웃었다. 그러다가 문득 발렌이 레이나를 바라보았다. 그러고 보니 그 이후로 어머니가 레이나를 임신했던 것 같기도 하다.

"그러고 보니 언제쯤 조셋 마을로 갈 예정이야?"

"마법 병단은 오늘 이 마을에서 머물기로 했어. 벌써 방도 잡았는걸?"

조셋 마을과 아올란 마을은 반나절 거리다. 무리해서 이동하면 오늘 내로 조셋 마을에 도착할 수 있겠으나 이틀 정도 노숙을 했으니 마을에서 쉬기로 한 모양이었다.

"그래? 어디 여관인데?"

"여기서 별로 멀지 않아. 요정의 휴식처라는 여관이야."

요정의 휴식처는 이 잡화점에서 걸어서 20분 안으로 갈 수 있는 거리다. 시이나는 잘 됐다는 듯 손뼉을 쳤다.

"그럼 오늘 저녁때 저희 집에 오실래요? 발렌이 거기서 어떻게 지내고 있는지 궁금했거든요. 발렌은 잘 지내고 있다고 하지만, 어떻게 생활하는지 친구분들께 직접 듣고 싶어요."

발렌은 그곳 생활에 대해 잘 말하지 않았다. 말해 주었던 건 그저 잘 지내고 있다, 좋은 사람들이 많다 정도. 사실이기는 하지만, 아무래도 시이나는 그것 말고 실제로 어떻게 생활하는지 듣고 싶은 모양이었다. 발렌은 뭘 그렇게까지 하시냐는 듯 바라봤지만, 시이나는 보는 체도 하지 않았다. 엘리즈와 이바나는 흔쾌히 승낙했다.

"네, 식사 초대를 해 주시다니. 감사할 따름이죠."

"호호, 다행이네요. 오랜만에 솜씨를 발휘해야겠어요."

시이나는 벌써부터 의욕이 대단했다. 발렌은 한숨을 내쉬며 고개를 저었다.

　　　　　＊　　　＊　　　＊

"발렌! 우리 왔어!"

밖에서 들려오는 목소리. 저녁 시간이 되자, 엘리즈와 이바나가 발렌의 집에 도착했다. 때마침 식사 준비가 끝났을 때 와 주었다. 발렌이 문을 열었다.

"누추하지만 들어오세요."

발렌이 장난스럽게 웃으며 안으로 안내하자 엘리즈가 호호 웃었다. 이바나는 피식 웃는 것으로 대신했다. 부엌으로 오자 다들 자리에 착석했다. 랜턴이 은은하게 주위를 비추었다. 시이나는 잔뜩 기합이 들어간 듯 요리 실력을 제대로 뽐냈다. 일단 전채 요리부터 식탁에 놓여 있었다.

"하하, 발렌에게 마법사 친구가 생겼다고 들었는데, 두 분이셨군요. 반갑습니다. 전 발렌의 아비인 메튜라고 합니다."

메튜가 호탕하게 웃으며 그녀들을 맞이해 주었다. 오늘 목수 일을 하고 왔던 메튜는 집에 돌아와서 시이나에게 발렌의 친구를 초대했다는 사실을 들었다. 이미 시이나와 레이나는 인사를 먼저 인사를 했기에 자기소개를 생략했다.

"전 엘리즈라고 해요."

"이바나예요."

엘리즈와 이바나도 자신을 소개했다. 메튜는 그들의 이름을 듣고서 고개를 갸웃거렸다. 이름만 밝히니 의아하다는 듯 본 것이다.

"보아하니 이름 있는 집안의 여식이신 것 같으신데…… 혹시 풀네임을 알 수 있겠습니까?"

"상관은 없는데, 놀라지 않으실 수 있으신지요?"

"하하, 용병 생활을 하면서 귀족들을 많이 만나 봐서 괜찮습니다. 물론 제가 귀족들 예법을 몰라 좀 천박해 보일 수 있으니 너그럽게 이해해 주십시오."

귀족에게 성씨가 뭐냐고 물어보는 것 자체가 대단한 실례이다. 대놓고 묻는 것부터 확실히 귀족 예법을 잘 모른다는 티가 났다. 옆에서 시이나가 무슨 짓이냐며 메튜의 허리를 꼬집고 있었다. 엘리즈와 이바나는 딱히 신경 쓰는 기색은 아니었다.

"엘리즈 폰 바올라라고 해요."

"예쁜 이름이군요."

이름을 들은 메튜가 푸근하게 웃다가 문득 뭔가 이상한 느낌을 받은 그가 고개를 갸웃거렸다.

"성이 뭐라고 하셨는지……?"

"폰 바올라요."

"바올라 제국에서 '바올라'라는 성을 가진 사람이라면……."

혹시 자신이 생각하는 게 맞나 싶어 혼잣말처럼 중얼거리는 메튜. 엘리즈가 빙긋 웃으며 대답해 주었다.

"예, 저는 바올라 황실의 2남 2녀 중 막내, 제2 황녀예요."

그 말을 듣는 순간 메튜는 놀란 표정으로 시이나를 바라보았다. 당황스러워하는 게 눈으로 보일 정도다. 겉으로 봐도 기품이 넘치는 것이 고귀한 가문 출신이라고는 생각했지만 설마 황녀였을 줄은 예상도 못했기 때문이다.

"바, 발렌. 이게 도대체 무슨 일이더냐?"

"들으신 대로예요. 리즈는 황녀니까요."

역시 예상했던 반응이었다. 아마 메튜의 심장이 지금쯤 덜컥 내려앉았을 것이다. 언제나 웃는 얼굴인 시이나조차도 얼굴이 잔뜩 굳어졌다.

"발렌. 부모님께 우리에 대해 말씀 안 드렸니?"

"지금처럼 놀랄 거라고 예상했거든."

말할까 말까 고민하기는 했으나 말하지 않기로 했다. 황녀와 친구했다고 해도 안 믿을 것 같기도 했고, 믿어도 걱정할 것이라 생각했기 때문이다. 평민이 황녀와 친구를 맺다니. 실제로 있기에는 힘든 일이었다.

"너, 넌 황녀님께 그럼 계속 반말하고 있던 거냐?"

"어쩌다 보니 그렇게 됐네요. 공석인 자리에서는 이렇게 못하지만, 사석에서는 리즈도 허락했고요."

발렌도 제시카의 일이 끝나고 나서 존댓말을 했으나, 엘리즈가 그러지 말라고 만류했다. 도서관에서 책에 대해 토론한 것이 이렇게 단번에 친밀감을 만든 것이다. 공석인 자리에서는 존칭을 사용하나, 세인브리트 마탑 내에 있거나 사석에 있을 때는 편하게 해도 된다며 엘리즈가 그렇게 말했다. 뭐, 발렌은 세인브리트 마탑 도서관 사서이고, 엘리즈도 세인브리트 마탑의 마법사인 만큼 공석인 자리는 없지만 말이다.

"그럼 리즈 언니는 귀족인 거야?"

이 와중에 레이나가 엘리즈를 쳐다보며 물었다. 눈이 초롱초롱한 것을 보니 아무래도 호기심이 발동한 모양이다. 엘리즈는 미소를 보이며 대답해 주었다.

"귀족보다 높지."

"우와! 그럼 공주님인 거야?"

틀린 말은 아니지만 레이나는 귀족과 공주뿐 아니라 공주와 황녀의 차이도 어마어마하다는 것을 잘 모르기 때문에 천진한 얼굴로 신기하다는 듯 그녀를 바라보았다. 공주와 황녀 자체를 비교하는 것이 기분 나쁠 법도 한데, 엘리즈는 기분이 나쁘지도, 정정해야겠다는 생각이 들지도 않았다. 이것은 나중에 커 가면서 차차 알게 될 사실이니까. 그러다가 문득 레이나의 표정이 어두워졌다.

"언니. 드래곤에게 잡혀가면 안 돼."

"드래곤?"

갑자기 몇 백 년 전 멸족한 드래곤 얘기가 왜 나오는가 싶어 엘리즈와 발렌이 고개를 갸우뚱거릴 수밖에 없었다.

"드래곤은 예쁜 공주님을 잡아가잖아. 책에서 봤어."

무슨 얘기인가 했더니 동화책에 나오는 내용이다. 동화책에는 수많은 내용들이 있지만 가장 유명한 건 드래곤이 공주님을 잡아가서 용사가 구출하는 내용이다. 실제 역사에서는 어느 날 악룡이 나타나 나라를 쑥대밭으로 만들면 만들었지, 인간을 납치했다는 기록은 하나도 없다. 드래곤에게 인간은 그저 하등한 생물.

낮게 잡으면 벌레, 높게 쳐줘도 작고 귀여운 동물 정도밖에 안 된다. 굳이 납치할 이유는 없었다.

그것은 그저 동화 속 이야기일 뿐. 아직 순수한 모습으로 걱정해 주는 레이나를 보니 엘리즈도 싫어할 수는 없었다. 그녀가 호호 웃으며 레이나의 머리를 쓰다듬어주었다.

"걱정하지 마. 드래곤이 나타나도 용사님들이 날 구해

줄 거니까."

"정말?"

"물론이지. 게다가 이미 날 구해 준 용사님이 한 분 계시거든."

엘리즈가 잠깐 발렌을 바라보며 미소를 지었다. 발렌은 부끄러운 듯 시선을 피하며 뺨을 긁적였다.

"용사님? 그게 누군데? 나도 보고 싶어!"

"후후. 비밀. 나중에 자연스럽게 알게 될 거야."

레이나는 그냥 지금 알려 주면 안 되냐는 듯 바라보았지만, 몇 년 지나 이 날 했던 대화를 기억하면 분명 금방 알게 될 것이다. 그러나 지금 당장 궁금했던 모양인지 레이나가 발렌을 바라보았다.

"오빠, 혹시 리즈 언니의 용사님이 누군지 알아?"

"그, 글쎄. 잘 모르겠는데?"

자기라고 부끄러워서 죽어도 말 못하는 발렌은 시선을 피할 수밖에 없었다.

"음…… 도대체 누구지?"

레이나의 고민은 깊어졌다. 엘리즈는 미소를 지으며 아직도 당황해하고 있는 메튜를 다시 바라보았다.

"어려워말고 황녀가 아닌 발렌의 벗으로 대해 주세요."

"아, 예……."

깨진 일상 171

그래도 정체를 알고 나니 아주 편하게 대할 수 없는 터였다. 용병계에 몸을 담았던 메튜는 워낙 자유분방하고 실력도 확실히 있던 터라 어지간한 귀족들 앞에서도 떳떳했다. 하지만 황족 앞에서까지 떳떳할 수는 없었다. 그리고 문득 옆에 있는 이바나까지 눈치를 볼 수밖에 없었다. 홍차를 마시던 이바나는 시선을 느끼고 자신을 소개했다.

"세인브리트 마탑의 마법사, 이바나 디 엘로이라고 합니다."

성 씨가 있는 것을 보니 귀족 출신인 것 같기는 하지만, 다행히 들어 본 적 없는 성씨였다. 하지만 이바나는 싱긋 웃으며 자신을 마저 소개했다.

"전 세인브리트 마탑의 탑주이신 브레트 디 엘로이님의 손녀입니다."

"……?!"

메튜의 표정이 완전히 굳어 버렸다. 한 명은 황녀, 다른 한 명은 바올라 제국 수석 마법사인 세인브리트 마탑주의 손녀라니! 생애 전혀 인연이 없을 이들이 이런 누추한 곳에 발렌을 보겠다고 찾아오니 메튜는 기가 막힐 수밖에 없었다.

옆에 있는 시이나는 엘리즈의 정체를 안 후 입을 꾹 다문 채 미동도 없었다. 평소 이렇게 당황하지 않던 어머니라도 지금만큼은 당황할 수밖에 없던 모양이다. 발렌에게 참으로 신선한 모습이다 싶었다.

"이제 소개를 마쳤으니 식사를 할까요?"

"그, 그래. 그러자꾸나."

메튜가 아직도 얼떨떨한 표정으로 식사를 권하고, 곧 식사가 시작되었다.

\* \* \*

식사는 2시간 정도 진행되었고, 후식까지 먹고서야 끝이 났다. 엘리즈와 이바나도 만족한 듯 보였다. 확실히 기합이 많이 들어간 듯, 맛있는 요리들이 계속 나왔다. 발렌은 배를 좀 꺼지게 할 겸 그녀들을 여관까지 데려다 주기 위해 같이 밖으로 나왔다. 확실히 10월의 저녁 바람은 쌀쌀한 편이었다.

"발렌. 너의 어머니는 어떤 분이셔?"

"다정하고, 인자하시고, 지적인 분이시지. 내가 책을 좋아하게 된 것도 아마 그런 어머니 밑에서 자란 덕분일 거야."

반면 레이나는 책에 하나도 관심이 없다는 게 문제다. 발렌의 경우 우연히 읽었던 소설책이 재밌어서 푹 빠지게 된

깨진 일상 173

거고, 레이나는 글을 쓰고 읽을 줄은 알지만 책에 흥미를 크게 갖고 있지 않았다. 아직 한창 놀 때니 그러려니 하는 편이다.

"아, 그리고 잘못한 것은 용서 없으신 분이셔. 내가 어렸을 적에 책 산다고 몰래 어머니 돈주머니를 들고 갔는데, 들켜서 크게 혼났었어."

어렸을 적에는 누구나 한 번쯤 해 봤을 법한 일이다. 그때 얼마나 호되게 혼났는지. 시이나가 그 당시에 어디서 그런 손버릇을 배웠냐며 단단히 혼내고, 나중에 일을 마치고 돌아온 아버지에게는 몽둥이찜질을 당해야 했다. 철이 없을 때 했던 일이지만 그 일이 있고 나서 남의 돈을 가져가는 일은 없었다. 그래도 책을 읽고 싶어서 그랬다는 사실을 시이나가 알고 나서 그 이후로 읽고 싶은 책이 있으면 돈이 있을 때마다 사다 주었다.

"발렌은 어렸을 적 그랬구나. 그런데 내가 물어본 건 그게 아냐."

엘리즈가 어색한 미소를 지었다. 발렌은 고개를 갸웃거렸다.

"내가 물어본 건 네 어머니의 과거를 묻는 거였어."
"……응?"

갑자기 어머니의 과거를 물으니 발렌이 바보 같은 소리

를 내고 말았다. 어떻게 보면 무례하게 들리는 질문이었기 때문이다. 엘리즈도 그것을 느꼈는지 바로 입을 열었다.

"조금 무례하게 들렸을지도 모르겠네. 그럴 의도는 아니었는데. 그저 너희 어머니께서 식사하시는 모습이 남들과 좀 다르다 싶어서. 내가 스승님께 스카웃 제의를 받기 전 순방을 나섰던 적이 있는데, 평민 집안에서 너의 어머니처럼 식사하시는 분은 처음 봤어."

"그래? 평소의 어머니랑 다를 게 없으신데? 남들이 보기에는 확실히 신기하다고 하는 것 같더라고."

발렌은 어렸을 적부터 시이나가 식사하는 모습을 봐 와서 이상하게 느낀 적은 없었다. 발렌은 뭐가 다른 지 지금 생각해도 별로 차이점을 못 느꼈다.

"실은 나도 잘 몰라."

"응?"

"어머니는 과거 얘기를 말씀해 주시지 않았거든."

딱히 궁금하지도 않았다…… 라고 하기보다 아마 철이 없을 적부터 물어보면 안 될 것이라고 눈치 챘을지도 모른다. 어렸을 적 발렌이 자신은 왜 할머니, 할아버지가 없냐고 물어본 적이 있었는데, 메튜는 어렸을 적부터 고아였다는 걸 말해 주었기에 납득할 수 있었다. 문제는 시이나였다. 똑같은 질문을 했는데 시이나는 마찬가지라고 대답해

깨진 일상 175

주었다.

 그러나 어렸을 적의 순수함 덕분인지 시이나의 미소가 슬퍼 보인다고 느꼈다. 그리고 그 후에 한 가지 사실을 알게 되었다. 과거에 대해 말해 주지 않았지만 특정한 날이 되면 과거 일을 떠올리는지 악몽을 꾸고는 했다. 발렌도 방에서 잠을 자다가 어머니의 비명 소리에 놀라 일어난 적이 몇 번 있다.

 아버지, 어머니, 오라버니 같은 소리를 내면서. 분명 시이나는 메튜처럼 고아라고 했지만 처음부터 고아는 아니었다는 걸 알게 되었다. 발렌은 어린 나이임에도 그때 깨달았다. 어머니에게 슬픈 과거가 있다는 것을. 그때부터 전혀 물어보지 않았던 것 같았다.

 '요즘도 그러시나?'

 철이 완전히 들고 어엿한 청년이 되었을 때는 악몽에 시달리시는 모습을 본 적 없었던 것 같지만, 그래도 아주 가끔씩 비명 소리가 들려오고는 했다. 괴로운 과거가 있는 것만큼은 확실해 보였다.

 "그런데 갑자기 그건 왜?"

 "흠…… 알았어. 이건 더 이상 묻지 않을게."

 "물어본다고 해도 어머니의 과거는 잘 몰라서 대답해 줄 수 없지만 말이야. 아는 건 아버지와 함께 잠깐 용병으로 지냈다는 정도? 그 전의 일은 잘 몰라."

원래 동료들이 있었으나 듣기로는 시이나가 나중에 합류하고, 같이 용병 일을 하며 얼마 지나지 않아 자신이 태어났다는 것을 메튜의 옛 동료들이 집에 찾아왔을 때 알게 되었다.

엘리즈는 고개를 끄덕이더니 더 이상 묻지 않았다. 슬슬 여관에 도착할 때쯤 잠자코 걷던 이바나가 뭔가 생각났다는 듯 물었다.

"아 참, 발렌. 그러고 보니 내가 네 짐에 몰래 넣은 실험물들은 사용해 봤어?"

"……아뇨."

"왜?! 내가 친절하게 쪽지까지 남겨 뒀잖아!"

친절하다고 말하기보다 자신의 호기심을 위한 정성이라고 정정해 주고 싶었지만 목 뒤로 삼켰다.

"산불이 나면 큰일이잖아요."

인적이 드문 곳이야 많다. 주위가 산으로 뒤덮여 있으니까. 그러나 반대로 산으로 뒤덮여 있기에 더욱 실험할 수 없었다. 아올란 마을은 바센트 산맥에 있어 한 번 산불이 나면 쉴 새 없이 번질 수밖에 없다.

"게다가 위력도 잘 모르는데 잘못되면 어쩌려고요. 지금 제 방에 있는 것도 불안해 죽을 것 같았는데 그거 잘 됐네

깨진 일상 177

요. 생각난 김에 제가 내일 조셋 마을로 가시기 전에 돌려드릴게요. 실험은 몬스터의 숲에서 본인이 직접 해 보시면 되겠네요."

이바나가 왔으니 돌려주면 된다. 레이나가 방 안에 들어와 그녀가 준 실험품을 만질까 봐 걱정해서 꽁꽁 숨겼는데, 그 위험을 미리 없애 버리기로 한 것이다.

"안 돼! 몬스터의 숲에서 실험하지 말라고 했단 말이야!"
"어차피 탑주님도 안 계신데 상관없잖아요."
"할아버지가 리즈에게 감시를 시켰단 말이야! 리즈도 내가 하려고 하면 바로 제지할 거고. 내가 너처럼 생각을 안 했겠어?"

'아아, 그런 이유가……'

그래도 위험한 물품을 집에 계속 보관해 둘 수 없는 노릇이니 자고 일어나자마자 이바나에게 돌려주기로 마음을 먹은 발렌이었다.

\* \* \*

엘리즈와 이바나는 발렌이 여관까지 데려다주기로 하고, 레이나는 만찬을 즐기자마자 바로 잠에 빠져들었다. 어린 나이인 만큼 잠이 많은 레이나를 메튜가 방까지 옮겨 주고서 거실로 나왔다. 거실에 오니 나무 의자에 앉아 상념에 빠진 시이나를 볼 수 있었다.

"당신. 많이 놀란 것 같은데 괜찮아?"

메튜도 의자를 끌어 그녀의 옆에 앉았다. 시이나는 한참 생각하다가 곧 미소를 지었다.

"네. 조금 놀란 것뿐이에요."

"황족과 귀족임에도 평민에게 존댓말을 하다니. 지금까지 귀족을 봐 오면서 처음 있는 일이야."

그런 귀족이 있다는 이야기는 들었지만 실제로 보는 건 처음이었다.

이바나는 원래 평민에게 반말을 하지만, 지금은 엘리즈가 발렌의 부모님을 예우하니 분위기에 따라간 것 같았다.

"좋은 사람들인 건 확실해요."

"당신……."

"갑자기 황족이 나타나다니. 얼마나 놀란 줄 알아요?"

"그래도 실수 없이 잘 했어."

메튜가 시이나의 손을 잡아 주었다. 험한 일을 많이 해 손바닥이 상당히 거칠었지만 시이나는 남편의 손길에 포근함을 느꼈다.

"발렌은 여전히 모르죠?"

두서없이 갑자기 그런 말을 해 온다. 하나 메튜는 그녀의 말을 이해하고 고개를 작게 주억였다.

"그래."

"다행이에요. 당신도 고생이 많아요."

"당신이 겪었던 고생에 비하면, 나는 고생하는 것도 아니지."

메튜는 작게 미소를 지으며 그녀의 어깨를 팔로 감쌌다. 시이나도 메튜처럼 작게 미소를 지으며 그의 어깨에 머리를 기대어왔다. 살을 맞대고 산 지 20년이 지났지만, 여전히 그들은 젊은 연인과 같은 모습이었다.

"어머. 그러고 보니 깜빡한 게 있어요."

"뭘?"

"제니 씨에게 받을 책이 있었는데, 깜빡 잊고 있었네요."

제니 씨는 언덕에 있는 작은 집에서 산다. 거리가 그리 멀지 않았다.

"그래? 같이 가 줄게."

시이나가 빙긋 웃으며 일어나려는 그를 제지했다.

"저 혼자서 가져올 수 있어요. 당신은 여기서 쉬고 계세요."

메튜는 알겠다며 고개를 주억였다.

그녀가 밖으로 나가고, 메튜가 의자에 홀로 남아 앉아 있는데, 레이나의 방문이 열렸다.

"레이나, 일어났니?"

"응…… 아빠. 밖에서 이상한 소리가 나."

"아, 엄마와 아빠가 방금 전까지 대화를 했단다. 소리가 컸니?"

"아니, 거실이 아니라 집 밖에서. 덜그럭 덜그럭 하는 소리가 나서 무서워."

비교적 앞마당과 가까운 레이나의 방. 그 덕분에 집 밖의 소리가 매우 잘 들리는 편이었다.

똑똑!

누군가가 출입문에 노크를 했다. 시이나가 굳이 문을 노크할 이유가 없으니 다른 사람이 온 것이라 생각했다. 레이나가 들었던 소리는 누군가가 오는 소리였던 모양이다. 이 시간에 무슨 일로 여기에 찾아온 걸까. 메튜가 자리에서 일어나 출입문으로 향했다.

\* \* \*

엘리즈와 이바나를 여관까지 데려다 준 발렌은 다시 집으로 돌아가고 있었다. 랜턴이 없으면 자신의 집도 찾을 수 없을 정도로 완전히 어둠이 내려앉은 마을. 작은 불빛에 의지한 채 집으로 향하는 발렌.

"많이 쌀쌀해졌네."

 가볍게 옷을 입고 온 것이 잘못이었다. 감기에 걸리기 전에 서둘러 집에 가서 벽난로에 불을 피워 몸을 녹이기로 했다. 그렇게 계속 이동하는데, 한 무리들이 이쪽으로 오는 것이 보였다. 처음에는 몰랐는데, 온통 검은색 로브를 입은 자들이었다.

 '무섭게 왜 다 검은색 계통으로 입은 거야?'

 로브의 색은 다양한데 머리부터 발끝까지 검은색으로 통일했는지 모를 일이다. 원래 용병 중에는 다양한 사람들이 많다 보니 그러려니 했다. 생각해 보니 어렸을 적에도 검은색 옷으로 통일한 용병들이 온 적이 있기는 하다.

 메튜의 말로는 검은색 옷이 몬스터의 눈에 잘 띄지 않아서 일부러 갑옷까지 검댕을 묻히는 용병도 있다나 뭐라나. 반대로 동료들 위치도 파악하지 못한다는 단점 때문에 색이 밝은 것들로 입는 사람이 대다수다.

 오밤중에 마차를 끌고 다니는 사람이라도 있었다면 보지 못하고 치고 지나갔을 것이다. 발렌도 언뜻 움직임이 보여서 눈치 챈 것이었다. 이제 막 도착한 용병들인가 생각했다. 그들이 향하는 방향을 보니 엘리즈가 머물던 여관 쪽인 것 같았다. 아쉽게도 그들이 향하는 여관은 마법 병단들이 오는 바람에 방이 없을 것이다. 말해 줄까 말까 고민했지만, 구태여 오지랖을 부릴 이유는 없을 것이다. 가는 길을 묻는다면 말해 주긴 할 테지만. 그렇게 그들을 통과하던 찰나였다.

푹!

"으윽……."

배에서 느껴지는 화끈한 통증. 매우 익숙한 느낌이었다. 발렌의 시선이 자연스럽게 아래로 향했다. 그자의 손에 들린 단도 손잡이가 눈에 들어왔다.

단도를 뽑자, 그의 배에서 피가 뿜어졌다. 검은색 로브로 통일한 무리들이 그의 주위를 감쌌다. 발렌은 괴로움에 인상을 찡그리며 자리에 털썩 주저앉았다. 다리에 힘이 풀리고, 의식이 점차 어두워진다.

"다, 당신들 누구야……."

그러나 대답이 없었다. 언뜻 후드 아래로 언저리 보이는 입도 미동이 없었다. 대답을 듣지 못하고, 발렌의 의식이 점차 어둠에 잠기며…….

**검은색 복장을 한 사람들의 음모를 저지하라.**

머릿속에 울려 퍼지는 저주스러운 목소리를 들어야 했다.

## Chapter 06
# 그들의 목적

&lt;마법사의 역사&gt;

고대에는 마법사의 개념이 매우 포괄적이었다. 마나와 비슷한 성질을 다룰 수 있다면 마법사로 인식했으며, 지금의 프리스트들도 마법사로 취급했다는 문헌이 존재한다. 트라비키아 통일 제국은 마법사들이 이끄는 나라였다고 해도 과언이 아니다. ……(중략)…… 여기서부터 현대 마법사가 둘로 나뉘게 된다. 21대 황제 메두엔 엠 트라비키아 여제는 영생을 얻고자 마법으로 불사를 얻을 수 있다고 굳게 믿었고, 마법사들로 하여금 연구를 시켰다. 그리고 이로 인하여 반인륜적인 일이 계획되는데, 이것이 지금까지 문제가 되고 있는…….

—『트라비키아 통일 제국의 역사』中 발췌—

\*   \*   \*

"오빠, 얼른 와!"

"……"

레이나의 힘찬 목소리가 들려왔다. 발렌은 주위 풍경이 자신의 집 앞마당이라는 걸 깨달을 수 있었다. 그리고 뒤늦게 보이는 이웃 사람들과 아이들. 돼지 굽는 냄새가 코를 자극했다. 발렌이 힘이 풀린 듯 자리에 털썩 주저앉았다.

"바, 발렌?"

갑자기 자리에 털썩 주저앉자 앞서 걸었던 시이나가 화들짝 놀랐다.

방금 전까지 멀쩡히 책을 보던 그가 갑자기 얼굴색이 파랗게 질리니 놀라지 않을 수 없던 것이다.

"발렌 무슨 일이니? 어디 아프니?"

이웃 사람들도 걱정스러운 듯 그의 곁으로 다가왔다. 발렌이 괜찮다는 듯 손을 저었다.

"하하, 요즘 좀 무리를 했나 봐요. 갑자기 어지럽네요."

아무렇지 않은 듯 미소까지 지으며 말했지만. 누가 봐도 미소가 어색하다는 걸 느낄 수 있었다.

"괜찮은 거니?"

"좀 쉬면 괜찮을 것 같아요. 저 방에서 조금만 쉬다가 나올게요."

"그래, 그렇게 하렴."

아들을 걱정하는 시이나를 뒤로하고, 발렌이 다시 방으로 올라간다. 방으로 돌아온 발렌은 이번에는 또 무슨 일이 생긴 건지 복잡해졌다.

'갑자기 검은 복장의 무리들이 날 죽였다. 그들이 노리는 게 뭐지?'

그들이 노리는 게 없었다면 또다시 임무가 내려지는 일은 없었을 것이다. 그렇다면 도대체 무슨 음모를 막으라는 걸까?

"음모를 저지하라고 해도……."

갑자기 배에 칼을 맞고 죽었으니 뭐가 뭔지 전혀 모른다. 다짜고짜 이유도 없이 뭘 하라고 하라는 것과 다를 바 없는 상황이다. 엘리즈의 독살과 오우거에게서 달아나는 것은 그래도 구체적인 목적이 있었다. 반면 이번에는 그들이 무슨 음모를 꾸미는지 전혀 모르는 상태로 임무를 완수해야 할 판이었다.

"이 날은 리즈와 이바나 씨가 마을에 오기 일주일 전이다."

일단 발렌은 지금이 며칠 후에 일어날 일인지 떠올리며 차근차근 생각하기로 했다. 몇 번이나 죽음을 반복해본 결과 급해 봤자 소용없다는 것을 깨달은 발렌이다. 신중히 하나하나 알아가는 게 정답이다.

"그들의 음모를 먼저 알아봐야겠어. 하지만…… 어떻게?"

그들이 어디에서부터 온 건지, 또 무슨 생각인지 전혀 알 방도가 없었다. 그나마 가장 신빙성이 있는 추측이라고 한다면…….

"또 리즈를 노리는 놈들인가?"

엘리즈가 온 것과 너무 절묘하게 맞아 떨어지니 그렇게 생각할 수밖에 없었다. 그렇다면 그들이 노리는 이는 엘리즈라 가정한다. 그럼 자신을 왜 죽인 걸까? 굳이 힘도 없는 자신을 노려서 뭘 하려는 걸까?

계속해서 생각하던 발렌은 문득 이바나가 했던 이야기가 떠올랐다. 이바나는 위험하니 엘리즈와 가까이 지내지 않는 게 좋을 거라고 경고한 적이 있었다.

'이바나 씨의 말대로 내가 리즈를 돕고 있다는 걸 알고 있어서?'

제시카의 독살 사건도 그렇고, 오우거의 사태 때도 발렌이 나서 준 덕분에 엘리즈는 목숨을 구할 수 있었다. 그러니 엘리즈의 살인을 모의하는 자들이 이번에도 발렌이 방해가 될 공산이 크니 가장 먼저 없애라고 했을 가능성이 컸다.

 '그렇다면 그들이 한 번쯤 이곳에 와서 정찰할 가능성도 충분히 있다.'

 고작 입술만 가지고 사람을 가려내는 게 보통 일은 아닐 것이다. 얼굴을 알아도 마을 전체를 돌아다니며 찾기 힘든데…… 그들의 얼굴을 모른다는 것이 가장 큰 문제다. 후드로 가려서 언뜻 입술만 본 게 다였다.

 '결국 이 일주일 동안 그들이 벌일 일을 알아내는 수밖에 없어.'

 그들이 하려는 계획이 뭔지만 알면 된다. 발렌이 주먹을 꽉 말아 쥐었다. 모르면 알 때까지 반복해서 조사하면 될 일이었다.

\* \* \*

 그 후로 일주일. 발렌의 일과는 조금씩 달라졌다. 잡화점 일을 돕는 것은 변하지 않았으나 일하는 시간을 두 시간 정도 줄이며 밖으로 나가 이곳저곳을 돌아다녔다. 누가 보면 목적 없이 그냥 돌아다니는 꼴이지만 딱히 그렇게 판단하는 것도 이상하지는 않았다.

'바보같이. 이곳에 방문하는 여행객이나 용병들이 몇인데.'

하루마다 사람들이 새롭게 찾아오니 당연히 쉽지 않은 일이다. 무엇보다 수상해 보이는 사람을 찾겠다고 한 무리를 계속 미행할 수도 없는 노릇이다. 오히려 시간 낭비일 뿐이다. 차근차근 알아가겠다고는 하지만, 마을 사람과 방문객의 수만 해도 몇인데. 이걸 어떻게 전부 찾아낼 수 있다는 말인가. 그래도 혹시 수상쩍은 사람을 찾을 수 있지 않을까 왔는데, 헛수고였다.

'이런 식으로 계속 찾다가는 첫 번째 때보다 더 오랫동안 반복하게 될 거야.'

마을 규모가 작아도 방문객이 문제다. 조셋 마을로 통하는 마을이다 보니 이 마을을 지나는 용병들 수만 해도 엄청나기 때문이다. 방문객 위주로 찾는다 하더라도 그들을 전부 쫓아가는 건 불가능에 가까웠다. 하루도 아니고, 무려 일주일이라는 기간이다. 하루 방문객과 며칠 머무는 사람들까지 합하면 적게 잡아도 백 명은 될 텐데, 그들을 전부 확인해 보겠다고? 무식해도 너무 무식한 방법이다.

'수상쩍은 사람이 한둘도 아니고.'

아무것도 모르면 별 생각이 안 들겠지만, 한 번 의심하면 모두가 의심스러운 법이다. 거금을 들고 심부름을 가면 모두가 도둑처럼 보이는 것과 같은 심리다. 발렌은 고개를 저었다. 자신의 의심이 오히려 일을 그르치게 만들고 있다고 생각했다.

발렌이 딱히 어떤 행동을 취하여 그들에게 영향을 주지 않는 이상 그들이 이곳에 오는 건 변함이 없다. 그것이 바로 오늘이다. 죽음에 익숙해졌다고는 하지만, 죽음에 이를 때까지 느껴야 할 고통은 무섭다. 아무리 죽음을 반복해도 고통을 느낀 그 기억은 여전히 남아 있기 때문이다.

그렇게 고민을 하고 있는데, 발렌의 귀에 익숙한 소리가 들려왔다.

"오빠!"

레이나였다. 그가 정면을 바라보았다. 그녀는 발렌이 자신을 볼 수 있도록 팔을 크게 흔들었다. 레이나의 한쪽 팔에는 빈 바구니가 들려 있었다. 발렌이 없으니 혼자서 심부름을 나온 모양이다. 그리고 우연찮게 시장 근방에 있던 발렌과 마주친 것이고 말이다.

'그러고 보니 지금 시간에는 레이나와 내가 같이 심부름을 나갔을 때였구나.'

발렌은 레이나와 심부름을 했던 것을 떠올리고서 작게 미소를 지었다. 레이나가 길을 건너왔다.

"렌, 심부름 가는 거야?"

"응! 엄마가 오빠 찾았는데, 안 보여서 내가 대신 왔어!"

"그러니?"

발렌은 레이나가 들고 있는 빈 바구니를 대신 들었다. 살 물건이 꽤 많았던 것으로 기억한다. 레이나 혼자 들고 가기 힘들 테니 마침 만난 김에 같이 돌아가기로 한 것이다. 발렌은 빠르게 장을 보고 잡화점으로 향하다가 한 가지 떠올렸다.

'그러고 보니 장을 다 보고서 문을 열고 들어갔더니 그곳에 리즈와 이바나 씨가 있었지 아마?'

거기서 레이나와 시이나에게 엘리즈와 이바나를 소개해 주었다. 그리고 시이나가 저녁 초대까지 했었다.

'그리고 난 그들을 데려다주다가 칼에 맞고 죽었고 말이지.'

그럼 이번에는 조금 다르게 해 보자고 생각했다. 저녁 초대를 하지 않게 하고, 그 시간에 검은 로브를 입은 무리들의 움직임을 확인하는 것이다. 발렌은 잡화점 앞으로 오고서 레이나에게 장을 본 바구니를 넘겼다.

"오빠는 친구들이 온다고 해서 조금 이따가 들어갈게.

가까우니까 혼자 들고 갈 수 있지?"

"응, 렌은 힘세니까 걱정하지 마!"

자신의 여동생이지만 참 기특하고, 기운차다고 생각했다. 발렌이 작게 미소를 지으며 머리를 쓰다듬어 준 뒤, 잡화점에서 조금 떨어진 곳에 가만히 서 있었다. 그리고 곧 엘리즈와 이바나가 잡화점 밖으로 나와 주위를 둘러보다 발렌을 발견했다.

"발렌!"

일부러 다른 곳을 응시하던 발렌은 자신을 부르는 소리를 듣고 돌아보며 엘리즈와 이바나와 시선을 마주했다. 일부러 놀라는 시늉을 하는 것도 잊지 않았다. 그녀들이 길을 건너왔고, 발렌이 먼저 물었다.

"여긴 어쩐 일이야, 리즈? 그리고 이바나 씨도?"

"어쩐 일이긴. 네 고향에 온 김에 만나러 왔지. 잡화점에서 기다리고 있었는데, 네 동생이 밖에서 바람 좀 쐬고 있다고 해서 나왔어."

일부러 밖에서 얘기하려고 그들을 유인한 것이라고는 꿈에도 모르는 엘리즈와 이바나. 발렌은 여전히 놀람이 가시지 않은 표정을 유지하다가 그들과 잠시 대화를 나눴다. 나누는 대화는 그 전과 거의 동일했다. 몬스터의 숲에서 심상찮은 일들이 있어 마법 병단이 파견되었고, 이바나도 강제로 끌려왔다는 것까지다.

"그러고 보니 발렌."

"예, 이바나 씨."

"내가 네 짐에 몰래 넣어 둔 실험품은 사용해 봤어?"

"아뇨, 안 해 봤어요."

"왜?"

"그런 위험한 물품을 사용해서 제가 다치는 건 둘째 치고, 산불이라도 나면 어떻게 해요. 실험은 몬스터의 숲에서 본인이 직접 해 보시면 되잖아요."

그런 말을 하던 발렌은 약간 의아함이 들었다. 그러고 보니 전에 이 말을 했던 것 같기도 하고, 아닌 것 같기도 하고……

"안 돼! 할아버지가 몬스터의 숲에서 실험하지 말라고 했단 말이야!"

그 말을 듣고 이거 해 봤던 말이라는 걸 그제야 떠올릴 수 있었다.

　　　　　　＊　　＊　　＊

엘리즈, 이바나와 대화를 마친 발렌은 그들을 여관으로 데려다주고 다시 잡화점 안으로 들어갔다. 파랗던 하늘은 어느새 노을이 지고 있었다. 슬슬 저녁이 되어 가고 있었다.

딸랑~!

잡화점 출입문에 매달린 방울이 소리를 내고, 시이나가 발렌을 바라보며 물었다.

"발렌, 친구분들은?"

"만났어요. 대화하다가 여관까지 데려다주고 오는 길이에요."

"저녁에 초대하려고 했더니……."

시이나가 상당히 아쉬운 표정을 짓고 있었다. 그 이유를 이미 알고 있는 발렌.

"아, 그건 무리일 거예요. 내일 아침 일찍 조셋 마을로 가야 해서 일찍 자야 한다고 했거든요. 지금쯤 식사하고 있을 거예요."

"……그러니?"

물론 거짓말이다. 아침에 출발하는 건 맞지만, 새벽같이 출발하는 건 아니기 때문이다. 아들의 직장이 어떤 곳이고, 어떻게 지내는지 물어볼 기회를 놓친 시이나는 아쉬움에 입맛을 다셨다.

'죄송해요, 어머니.'

괜히 실망을 시켜드리는 것 같아 죄송스러운 마음이 들

었다. 존경하고 사랑하는 어머니에게 실망을 안겨드려야 한다는 게 마음이 아팠다.

"아 참. 그리고 보니 어머니. 제가 도서관 생활이 어떤지 자세히 말씀드리지 않았죠?"

"응?"

시이나가 의아한 듯 발렌을 바라보았다. 그도 그럴 것이, 발렌은 이것저것 물어도 아주 자세히 말해 주는 사람이 아니었기 때문이다.

"오늘 저녁은 할 일이 있어서 늦게 돌아올 거에요. 그러니 내일 아침에 잡화점 일을 도우면서 말씀드릴게요."

이 일이 마무리되고 좋은 결과로 이끌게 되면 그때 자신이 어떻게 지내는지 확실하게 말씀드리기로 했다. 그것이 몇 번이고 반복하며 거짓말을 해야 할 발렌이 할 수 있는 최대한의 사죄다.

'반드시 말씀드릴 수 있도록 노력할게요.'

지금의 발렌은 해야 할 일이 있었다. 바로 검은색 로브를 입은 자들의 음모를 직접 두 눈으로 보고 해결할 방법을 모색하는 것이다.

\* \* \*

'일단 대충 무기가 될 만한 걸 챙겨서 오기는 했는데…….'

발렌은 요정의 휴식처 인근에 있는 풀숲에 숨어 자신이 가지고 온 물품들을 확인했다. 주로 풀숲을 헤쳐 나갈 때 사용하는 정글도였다. 그리고 그는 주머니에 손을 넣어 집히는 뭔가를 꺼냈다.

"보나바르의 완드는 역시나 주머니에 있고."

있어도 지금 당장 제 용도를 못할 완드이지만, 그래도 없는 것보다는 나았다. 그래도 여건이 되지 않을 때 눈이라도 찌를 때 사용하는 용도로는 딱 좋았다. 실제로 제시카와 싸웠을 때도 이게 큰 도움이 되었으니까.

'너무 일찍 온 감이 없잖아 있지만…… 별수 없지.'

하늘을 보니 어둠이 해를 몰아내고 있었다. 이제야 슬슬 어두워지고 있는 것이 느껴졌다. 발렌은 그래도 기다리는 수밖에 없다고 생각했다. 그들은 반드시 이쪽으로 올 것이다. 인내심을 갖고 가만히 풀숲에 몸을 숨긴 채 기다리자, 어느새 랜턴을 켜지 않으면 안 될 정도로 완전히 어둠이 내려앉았다.

발렌은 어둠이 완전히 내려앉고서부터 잔뜩 긴장했다. 허리춤에 있는 정글도에서 손을 떼지 않은 채 그들이 오기를 몇 시간. 곧 어둠 속에서 다수의 무리들이 오는 기척이 들려왔다.

'왔다!'

검은 로브를 입은 자들이었다. 그들은 완전히 어둠과 하나가 되어 천천히 이동했다.

발렌은 그들이 지나치고서 풀숲에서 나와 벽에 바짝 몸을 붙인 채 미행했다.

그들이 엘리즈가 머무는 여관에서 일을 벌이려고 할 때, 이바나가 준 실험품을 던져 사전에 요란하게 만들 생각이었다.

'이바나 씨가 직접 실험했다는 이 섬광액이 가장 유용하겠어.'

그저 빛을 발하는 것뿐이지만, 일순간 강력한 빛과 굉음을 내어 상대의 눈과 귀를 일시적으로 정지시킬 수 있다고 하지 않던가. 게다가 굉음 소리를 내는 것이 가장 중요했다. 여관 안에 있던 마법사들이 그 소리를 듣고 놀라서 여관 밖으로 나올 것이다. 그리고 발렌은 그 즉시 저 자들을 가지고 온 로프로 포박해서 넘기는 것이다. 발렌은 이미 머릿속에 나름대로 작전을 짜 놓고 있는 셈이었다.

곧 그들은 얼마 지나지 않아 요정의 휴식처 앞에 도착할 수 있었다. 그들 중 한 명이 주섬주섬 뭔가를 꺼냈다. 꺼낸 것은 둘둘 말린 종이였다. 여관에서 새어 나오는 빛으로 확인하던 그들. 거리가 좀 돼서 잘 보이지 않지만, 대충 짐작하기로는 지도 같았다.

이곳의 위치가 맞는지 확인하려는 모양이다. 발렌이 가죽 주머니를 열어 이바나의 실험품 중 하나를 꺼내는 그 순간이었다. 그들이 몸을 오른쪽으로 휙 돌리더니 다시 발길을 옮기기 시작했다.

'뭐야, 여관이 아니라 다른 곳으로 가네?'

발렌은 의아한 시선으로 지켜볼 수밖에 없었다. 그들이 노리는 건 엘리즈가 아니었다는 말인가? 그럼 도대체 무슨 음모가 섞여 있기에 자신을 죽인 것이란 말인가? 머릿속이 혼잡스러웠다. 발렌은 의문을 뒤로하고 일단 그들을 미행하기 시작했다.

대놓고 뒤에서 미행을 해도 그들이 뒤를 돌아보는 경우는 없었다. 설사 뒤를 돌아본다고 해도, 어두워서 잘 보이지도 않을 테니까. 그래도 혹시나 알아챌 수 있으니 발렌은 골목을 지날 때마다 몸을 숨기며 그들의 뒤를 쫓았다. 그렇게 쫓다 보니 어느새 마을 외곽에 있는 공동묘지 쪽에 도착할 수 있었다. 그제야 그들은 한 곳에 멈춰 설 수 있었다.

'리즈를 노리는 것도 아니고, 공동묘지에 왔다고? 도대체 왜?'

그리고 자신을 왜 죽인 건지도 이해하기 힘들었다. 설마 사람을 잘못 본 건가 싶었지만, 검은 복장으로 통일한 무리들은 분명 발렌을 죽인 이들이 맞았다.

'나는 온갖 추측을 했는데, 기껏 온 곳이 공동묘지라고?'

공동묘지에 오니 발렌은 더 의아할 수밖에 없었다. 뭐가 뭔지 이해하기 힘들었다. 머릿속이 더욱 복잡해졌다. 밤중에 찾아오는 조문객일리도 없고, 조문객이 무슨 이유로 자신을 죽이겠는가. 분명 이유가 있어 왔을 것이다.

그들은 공동묘지에 도착하더니 공동묘지 중앙에 와서는 자루를 꺼내 뭔가를 뿌리기 시작했다. 신기하게도 그 가루들은 땅에 뿌려지자 옅은 빛이 나기 시작했다. 한동안 뭔가를 그리던 그들. 곧 한 가지 문양이 만들어졌다. 뭔지는 잘 모르지만 마법진과 비슷해 보였다. 그리고 중앙에 알 수 없는 뭔가를 쌓아 올리기 시작했다.

무엇을 쌓아 올리는지 자세히 확인하고 싶었지만, 판가름하기 어려웠다. 다만 언뜻 보기로는 심장 같아 보였다.

'혹시…… 사이비 종교를 믿는 자들인가?'

충분히 가능성 있는 얘기다. 주신을 섬기는 자들이 있다면 주신과 적대적인 마신을 믿는 사람도 있다. 마신을 섬기는 자들은 사람의 심장을 제물로 바치는 경우도 있다고 들었던 것 같다. 혹시 발렌은 그저 지나가다가 우연찮게 제물이 필요한 그들에게 살해라도 당했던 걸까?

'아냐, 그럴 리 없지. 분명 뭔가 목적이 있을 거야.'

그렇지 않았다면 죽기 전 머릿속에 임무가 내려졌을까? 분명 큰 사태가 벌어질 테니 이를 막으라고 임무가 내려졌을 것이라고 발렌은 추측했다. 그는 인내심을 갖고 그들이 하는 행동을 가만히 지켜보았다. 그들은 마법진 주위로 빙 둘러서더니 양팔을 들어 중얼중얼 뭔가를 외기 시작했다.

"joe di masa de ous."

"······?"

무슨 말인지 전혀 이해하지 못하겠지만······ 마법사들이 외는 캐스팅과 비슷해 보였다. 그들은 한 구절도 틀리지 않고 똑같은 주문을 외웠다. 주문을 외우는 시간이 길어질수록 마법진의 빛이 점점 강해지더니 무언가가 마법진으로 쏙 빨려 들어가기 시작했다. 마치 어릴 적 그림책에서 보았던 영혼이 마법진에 봉인되는 모습과 비슷해 보였다.

마법진의 빛은 어느새 주위를 환하게 비출 정도가 되었고, 절정에 달하듯 터져 나가기 시작했다. 눈이 부신 나머지 발렌이 나무 뒤로 몸을 숨겼다. 빛이 잦아들었을 때쯤, 그가 눈치를 보며 다시 고개를 내밀었다.

방금의 빛 때문에 어둠에 익숙해졌던 눈에 잔상이 남아 잘 보이지 않았다. 다만 아까 전과 달리 다수의 인영이 꿈틀거리는 착각이 들었다.

발렌이 자세히 확인하려고 기다리는 그 순간이었다. 때맞춰 두 개의 달을 가렸던 구름이 걷히고, 대지를 환하게 비추었다.

우우우우우우—!

공허하게 울리는 소리와 함께 묘지들에서 심상치 않은 소리가 들려왔다. 땅이 흔들리는가 싶더니 땅이 갈라지기 시작했다.

"허업!"

발렌이 기겁할 수밖에 없었다. 갈라진 땅 사이에서 묘지를 뚫고 뭔가가 올라오고 있었다. 발렌은 자신이 보고 있는 광경을 믿지 못할 수밖에 없었다. 마치 살아 있는 것처럼 해골들이 올라오고 있었기 때문이다. 아니, 해골만이 아니었다. 죽은 지 얼마 되지 않은 듯 몸이 일부 썩은 채 올라온 시체도 있었다. 그리고 공통적으로 다들 움직이고 있었다.

'마, 말도 안 돼. 무덤에서 시체와 백골들을 끌어 올려 움직이게 하다니!'

사이비 종교를 믿는 사람이 차라리 다행이라고 느껴질 정도다. 하필 미행한 이들이 흑마법사였다는 걸 이제야 깨달은 발렌이었다.

반인륜적인 일을 일삼고, 어린아이와 젊은 여성을 납치해 인체 실험을 한다는 흑마법사들. 트라비키아 통일 제국

때 여제가 영생을 얻고자 탄생했던 흑마법. 그리고 현재까지 심심찮게 문제가 되고 있는 흑마법사가 이 마을에 나타날 줄이야!

"드디어 우리의 숙원이 이루어진다. 남바른 공작가에 대한 분노를 쏟아 내자. 단 한 놈도 살려 보내지 말고 우리의 공포를 심어 주자."

발렌의 동공이 지진이라도 일어난 듯 쉴 새 없이 떨리고, 자신도 모르게 뒷걸음쳤다.

뚜둑!

뒷걸음치던 발렌이 나뭇가지를 밟았다. 그 작은 소리가 울려 퍼졌다. 발렌의 등줄기에 식은땀이 흘렀다. 제발 그들이 못 들었기를 바랐지만, 흑마법사들뿐만 아니라 언데드들의 시선도 이쪽으로 향했다.

"누구냐!"

흑마법사의 외침. 발렌이 그 소리를 듣고 후다닥 달아나고, 스켈레톤과 좀비들이 그의 뒤를 추격하기 시작했다.

\* \* \*

정신없이 달아나기만 했던 발렌은 어느새 집까지 도망쳐서는 문을 걸어 잠갔다.

'어리석기는! 나도 모르게 집으로 와 버렸어!'

뒤늦게 자신의 실책을 파악한 발렌. 그러나 이미 되돌아가기에는 너무도 늦었다.

사람은 위기의 순간 자신이 생각하는 가장 안전한 공간으로 대피하는 본능이 있다고 한다. 어렸을 적부터 자신의 보금자리이자 안전지대였던 집이기에 자신도 모르게 집으로 와 버렸다. 정신을 차렸을 때는 이미 늦었다.

그는 공포에 사로잡혀 요정의 휴식처에 있는 마법 병단에게 이 사실을 고할 생각도 못 하고 자신의 집으로 숨어들어 왔다. 발렌은 거친 숨을 몰아쉬며 문을 단단히 잠그고 벽에 등을 기댔다. 이를 어떻게 해야 하나 머릿속이 복잡해졌다.

'하다못해 마을을 순찰하고 있을 순찰병들에게만 알렸어도 방법을 강구할 수 있었을 텐데…….'

뒤늦은 후회가 들었지만 후회할 시간도 아깝다.

'지금 이럴 때가 아니야.'

얼른 부모님과 동생을 깨워 달아나야 한다. 흑마법사들이 무슨 일을 꾸미고 있는지는 모르지만 목격자인 자신과 함께 있으면 가족들이 좋은 꼴을 보지 못할 것이라는 것만큼은 확실했다. 그들의 목적이 무엇이었든 일단 달아나는 게 급선무이다. 일부러 들키지 않으려고 뱅 돌아왔을 테니 아마 자신을 찾는 데 꽤 오랜 시간이 걸릴 것이라 생각했다. 시간은 충분하다.

"아버지? 렌?"

어두운 방 안에서 인영이 보였다. 자세히 보니 아버지가 레이나를 꼭 끌어안은 채 구석에 숨어 있었다. 어째 좀 이상한 느낌이 들었다. 그들이 왜 거실 구석에 꼭 끌어안고 있다는 말인가? 혹시 밖에서 들리는 심상찮은 소리를 들은 걸까? 그렇다면 목소리를 들으면 최소한 반응이라도 하는 게 정상일 텐데, 그들은 전혀 미동은 없었다.

발렌의 머릿속에 좋지 않은 생각들이 떠올랐다. 문득 불안감이 엄습하고, 발렌은 사시나무처럼 떨며 천천히 메튜에게 손을 뻗었다. 손으로 어깨를 살짝 치자, 허수아비처럼 메튜의 몸이 옆으로 쓰러졌다. 품에 안겨 있던 레이나도 같이 쓰러졌다.

"아버지! 렌! 무슨 일이에요?"

발렌이 놀란 눈으로 그들을 깨우기 위해 만져보았다. 딱딱하고, 차갑다. 이미 그들의 몸에 체온이란 남아 있지 않았다. 발렌이 서둘러 랜턴을 켰다. 누군가가 쫓아온다는 생각도 잊고 이 상황을 살펴야 한다는 생각에 랜턴을 켠 것이다.

랜턴을 켜자 그들의 모습만 아니라 집 안을 제대로 볼 수 있었다. 어질러진 방과 부서진 책상. 낡고 녹슨 검들이 바닥에 아무렇게나 떨어져 있었다. 깨끗하고 정돈된 공간이 아닌 난잡하고, 광기 어린 공간으로 변질되어 있었다. 팔다리가 이곳저곳 꺾인 채 피를 흘리고 있는 메튜. 왼쪽 가슴이 도려지고 심장이 없는 어린 동생.

"으아아아아! 우웨엑!"

절규를 하다가 결국 발렌이 토악질을 했다. 눈에서는 눈물이, 코에서는 콧물이 쉬지 않고 나왔다.

덜그럭! 덜그럭!

좋지 않은 소리가 발렌의 귀에 닿았다. 발렌의 시선이 자연스럽게 소리가 들려오는 쪽으로 향했다. 소리가 들려오는 곳은 레이나의 방 쪽이었다. 이윽고 레이나의 방문이 열리고 무기를 들고 있는 스켈레톤들과 눈이 마주쳤다.

콰앙!

그리고 걸어 잠갔던 집의 출입문이 요란스럽게 박살 났다. 곧 검은 로브를 입은 자들, 흑마법사들이 그의 집 안으로 들어왔다. 그들은 주위를 둘러보더니 후드 아래로 입꼬리가 옆으로 쭉 찢어졌다. 마치 발렌이 괴로워하는 모습을 즐기기라도 하는 모습이었다.

"당신들이야?"

발렌이 으드득 이를 갈았다. 그리고 소리쳤다.

"당신들이 감히 렌과 아버지를 이렇게 만들었어?!"

발렌이 힘주어 검은 로브를 입은 자들을 노려보다 목청껏 소리치며 허리춤에 넣어 두었던 정글도를 꺼내 그들에게 달려들었다. 풀을 베는 용도라고 하지만 정글도도 날카로운 쇠붙이였다.

챙!

그러나 발렌의 정글도는 결코 흑마법사의 몸에 닿는 일이 없었다. 뒤에 있던 스켈레톤들이 앞으로 재빨리 나와 그의 검을 막았기 때문이다.

푹!

그리고 스켈레톤의 검이 발렌의 복부를 꿰뚫었다. 뜨거운 피가 그의 집 바닥에 흩뿌려진다.

"정말 좋은 절망이야. 게다가 이런 순도 높은 분노까지. 아아, 죽이기 정말 아까운 녀석이로구나."

흑마법사들이 황홀하다는 듯 몸을 부르르 떨었다. 그러나 발렌은 으득으득 이를 갈며 흑마법사들을 노려보았다.

"죽인다. 반드시 죽일 거야!"

"손가락 하나 까딱하지 못하고, 입만 나불거릴 수 있는 이런 꼴로 어떻게?"

흑마법사들이 비웃었다. 고작 입만 움직일 힘밖에 없어 천천히 죽어 가고 있는 그에게서 별로 위협을 못 느꼈기 때문이다. 그러나 발렌은 배에 느껴지는 격한 통증에 아랑곳하지 않고 분노와 적개심을 표출했다.

"어머니도 이렇게 만들었어?"

"내가 알 것 같냐? 어디에서 어련히 잘 죽었겠지."

흑마법사는 안중에도 없다는 듯 귀를 후볐다. 발렌은 피가 날 정도로 입술을 꽉 깨물었다.

"너희들 후회하게 만들어 주겠어……."

그는 그 어떤 때보다 살벌하게 흑마법사들을 노려보았다.

"아버지와 내 동생을 이렇게 만든 답례를 반드시 해 주마."

그리고 눈에 더욱 힘을 준다.

"반드시 죽일 거야. 흑마법사 놈들. 반드시 내 손으로 죗값을 치르게 만들어 주마!"

흑마법사가 신기하다는 듯 발렌을 바라보았다. 그럴 수밖에 없는 게, 흑마법사라는 걸 알면 대부분은 적의가 아닌 공포에 사로잡히기 마련이다. 사제들에게는 적의의 대상이기는 하지만, 평범한 이들에게는 적의가 아닌 공포의 대상이다. 혹시 사제라도 되는 건가 확인해 봤지만, 그에게서 신성력은 코딱지만큼도 느껴지지 않았다. 공포를 숨기기 위한 분노로 보기도 어려웠다.

"희한한 녀석이로군. 우릴 무서워하면서도 당당히 분노를 표현할 줄도 알고 말이야. 하지만 좀 더 자신의 처지를 알 필요가 있어 보이는구나."

흑마법사가 손을 저었다.

푹!

"끄어억!"

스켈레톤 하나가 다가와 발렌의 배에 검을 다시 한 번 찌르더니 휘저었다. 참을 수 없는 엄청난 고통. 발렌이 비명을 질렀지만, 스켈레톤은 멈추지 않았다. 흑마법사가 팔을 들어서야 스켈레톤의 움직임이 멈췄다. 흑마법사가 발렌의 머리끄덩이를 잡아당겨 들며 얼굴을 가까이 들이밀었다. 발렌의 눈동자에 섬뜩할 만큼 양쪽으로 찢어진 흑마법사의 입술이 드리워졌다.

"어때?"

"아…… 아파……."

"크큭. 그래, 아프지? 무섭지? 죽고 싶지?"

녀석의 입에서 혀가 쭉 나왔다. 끈적한 침이 줄줄 새어 나왔다. 마치 짐승과 같은 모습이었다. 몸이 오들오들 떨려 온다. 저항하고 싶었지만, 저항하지 못할 정도로 강한 살의가 그의 몸을 좀먹었다. 살려 달라는 말도 안 나온다. 마치 목에 뭔가가 걸린 듯 숨까지 턱턱 막혀 왔다.

"하지만 이걸 어쩌지? 우린 사람의 공포와 절망을 먹고 사는 놈들인데. 즐기기도 하고 말이야. 인간이란 정말 바보 같은 존재야. 적개심을 분출해도, 막상 아무것도 못 하고 엄청난 고통이 가해지면 갑자기 약해지거든."

녀석의 입꼬리가 더더욱 찢어지며 귓가에 걸렸다. 은은하게 비추는 랜턴의 빛보다 밝게 녀석의 새하얀 이가 비춰졌다.

"자, 최대한 죽지 않고 오랫동안 끔찍한 고통을 안겨 줄게. 그리고 죽을 때까지 후회해. 함부로 죽이겠다느니 마느니 말한 네 입을 원망하면서."

그리고 손을 다시 내리자, 스켈레톤이 다시 검을 휘저었다. 발렌의 비명이 집 밖으로까지 터져 나온다. 만족스럽게 이를 보고 있던 흑마법사가 킥킥 웃으며 뒤돌아선다.

"자, 그럼 이제 마법 병단에게 우리의 힘을 보여 줄 때인가? 대륙 최강국의 마법 병단과 우리 중 누가 더 강한지 직접 확인해 보자고."

그 말을 마지막으로 발렌은 스켈레톤에게 계속해서 고문을 당하고, 곧 어둠 속으로 빨려 들어갔다.

"오빠, 얼른 와!"

그리고 여동생의 활기찬 모습이 다시금 그의 눈동자에 드리워졌다.

　　　　＊　　　＊　　　＊

　'하필이면 흑마법사라니.'

　발렌의 얼굴이 순식간에 어두워졌다. 범상치 않은 무리들이라고는 생각했는데 설마 흑마법사였을 줄 꿈에도 생각 못 했기 때문이다. 일이 순식간에 커졌다. 흑마법사는 강력한 마법을 구사하는 종속들이다. 같은 경지에 있는 자들이라고 하더라도 그들이 다루는 마기라는 마나는 결코 얕잡아 볼 수 없는 파괴적인 기운으로 가득한 것이다.

　'왜 우리 가족을 죽인 거지?'

　발렌은 그게 의문이었지만 곧 고개를 저었다. 아니, 그들은 자신의 가족만을 노린 게 딱히 아니었을지도 모른다.

　'분명 어린아이들의 심장이 언데드들을 강하게 만든다고 했어.'

　그렇다면 그들이 노리는 건 아이들이었다는 소리다. 분명 그의 가족뿐만 아니라 어린아이들이 있는 집들은 전부 똑같은 짓을 당했을 것이다.

　흑마법사들은 상식이 통하는 자들이 아니기 때문이다. 각종 소문에 따르면 그들은 살육을 즐기고, 인체 실험을 자행한다고 전해진다. 사람들은 흑마법사를 인간의 탈을 쓴

악마라고 부르고 있다. 왜 그런지 직접 목격하니 알 것 같았다.

'그런데 마법 병단이 있는 요정의 휴식처로 한 명도 오지 못했다는 것은……'

순식간에 벌어진 일이라는 것을 짐작할 수 있었다. 어쩌면 달아나지 못하도록 무슨 수를 썼다던가. 어떻게 된 건지는 모르지만 단시간에 마을 사람들을 모두 죽이고서 바로 공동묘지로 이동했는지도 모른다.

'그 고통. 잊히질 않아.'

한 겨울에 발가벗고 나온 것처럼 몸이 떨려 온다. 그 고통은 엘리즈의 독살 사건을 해결하기 전 고문을 당한 것보다 더한 것이었다. 눈앞에 해골이 움직이며 그의 배를 휘젓고, 마치 웃는 것처럼 아래턱을 움직이며 딱딱거리기까지. 하나부터 열까지 소름 끼치는 일투성이였다.

벌컥벌컥!

발렌은 술잔에 있는 술을 벌컥벌컥 입 안으로 쏟아 냈다. 잊히지는 않고 두려움이 밀려들어 도저히 술을 마시지 않으면 견디지 못할 것 같았다.

"오빠, 왜 그래?"

레이나가 어두운 표정으로 앉아 있는 발렌에게 다가왔다. 발렌은 이 축제 같은 분위기에 있으면서 돼지고기 한

점도 먹지 않고 술만 마시고 있었다.

 그제야 주위를 보니 레이나 말고도 다른 사람들도 언뜻 그를 힐끗 바라보며 걱정하고 있었다. 아까까지만 해도 괜찮았던 발렌의 표정이 어두우니 시이나도 모르겠다는 표정이다.

 "아냐. 아무것도."

 발렌이 어색하게 웃으며 고개를 저었다. 그러나 그의 표정은 좀처럼 풀릴 기미가 보이지 않았다.

# Chapter 07
# 대항하는 방법

<흑마법사>

 파괴적인 마기를 다루는 자들로, 트라비키아 통일 제국 당시 메두엔 여제가 만들어 낸 존재이다. 마계의 마나가 아이벤 대륙에도 있다는 것을 발견, 이를 이용해 영생을 얻고자 연구를 진행시켰지만, 마법사들이 타락하는 부작용을 낳게 되었다.

 흑마법사의 종류는 매우 다양하지만 크게 네크로맨서, 저주술사, 흑마법사로 나뉜다.

—『저주받은 자들』中 발췌—

\* \* \*

'흑마법사들이 일주일 후, 이곳을 공격한다.'

그들이 원하는 것은 아직 잘 모르지만, 분명 그들 중 한 명이 남바른 공작가에게 원한을 품고 있는 것만큼은 확실했다. 대체 무엇 때문에? 개인적인 원한을 가질 수 있다고는 생각하지만, 흑마법사들이 남바른 공작가에만 원한을 품고 있을 이유는 없다. 이미 모든 국가에서 적대시하고 있는 흑마법사다. 새삼 한 곳에만 원한을 키울 이유는 없어 보였다.

'남바른 공작가에서 그들을 소탕한 적이 있기라도 하나?'

역사적으로 볼 때 일부 영주들이나 나라에서 흑마법사를 소탕하기는 했으나, 남바른 공작가에서 흑마법사를 소탕했다는 소식은 전혀 들어 본 적이 없었다. 흑마법사가 이 근방까지 온 적이 전혀 없기 때문이다. 남바른 공작령이 작은 왕국의 크기이기는 하지만, 흑마법사들이 온 적이 있다는 소문을 들어 본 적도 없었다. 게다가 아올란 마을은 남바른 공작가 중에서도 외진 곳에 있지만, 수도에는 대륙에서 가장 거대한 신전이 하나가 있다.

알테미아 교. 그곳에는 수많은 프리스트들은 물론 성기

사들까지 있다. 당연하지만 흑마법사들이 이곳에서 일을 벌였다가는 그들이 출동하게 될 것이다. 흑마법사들이 바보가 아닌 이상 이곳에서 일을 벌이는 건 매우 어리석은 일이라고 말할 수 있었다.

'이곳에서 일을 해야 할 이유가 있거나, 아니면 정말 남바른 공작가에 원한이 있는 건가?'

아무리 그것을 추론하려고 해도 그저 추측에 지나지 않는다. 어쨌거나 그가 해야 하는 일에는 변함이 없다. 흑마법사들의 음모를 저지하고, 막는 수밖에 없다.

발렌은 자신의 방을 살피며 물품을 꺼내 책상 위에 조심스레 올려놓았다. 그가 꺼내는 것들은 이바나가 실험하라면서 짐에 몰래 넣었던 각종 실험품들이다. 레이나가 호기심에 만질까 봐 불안해서 꼭꼭 숨겨 두었던 이 실험품을 설마 실전에 사용하게 될 날이 올 줄은 예상치 못했다.

그는 벨트를 올려두고, 가죽 주머니를 끼운 후, 실험품들을 넣기 시작했다. 이 벨트는 용병들이 포션이나 필요한 물품을 가방에서 빼지 않고 쉽게 손을 뻗어 꺼낼 수 있게 만든 용도이다. 실제로 사용하면 유용하지만, 생각보다 잘 안 팔리는 제품이기에 재고가 많이 남았다. 그 덕분에 발렌이 창고에서 어렵지 않게 가지고 나올 수 있었다.

그는 이바나가 남긴 쪽지를 바라보면서 실험품들의 용도

들을 머릿속에 익혔다.

섬광액. 빛을 발하는 액체로, 충격을 주면 빛이 터져 나오고 굉음이 울린다. 일시적으로 귀와 눈을 멀게 만드니 사용 시 주의. 호신용으로 딱 좋음.

폭발석. 화염의 룬을 새겨 넣은 마정석, 내부에 마나를 압축시켰으며 외부에 충격을 주면 발화시켜 폭발을 일으키는 원리. 위력을 시험해 보지 않아 모르지만 사용 시 소방수를 준비해 화재에 주의할 것.

이바나는 발렌이 마법을 사용하지 못하는 것을 감안하여 아무리 마나를 다루지 못하는 이라고 하더라도 쉽게 사용할 수 있도록 개량한 모양이었다.
'이거 쉽게 할 수 있는 건가?'
발렌은 리셋을 하면서 마나를 쌓고 있었다. 이 날이 길어질 것을 대비해 서클까지 만들려는 속셈이다. 리셋은 발렌이 입은 상처들을 다시 되돌렸지만, 신기하게도 그가 쌓은 마나들은 그대로였다.
덕분에 그는 서클의 진전을 노릴 수 있었다. 게다가 하루도 거르지 않고 기초 마법학에 대해 공부까지 했다. 이번 휴가 때 공부할 기초 마법학보다 진도를 더 많이 나갔다. 오히려 앞으로 공부할 내용까지 예습해 버린 꼴이 되었다. 그 덕분에 기초 마법학에 대한 이해도는 평균 수준으로 끌어 올렸다.

'마법으로 안 되면 도구라도 좋은 걸 쓰라고 했으니까.'

발렌이 손을 움켜쥐었다. 그러나 녀석들과 직접 싸워야 한다고 생각하니 손이 떨렸다. 그가 애써 두려움을 억누르고 반대쪽 손으로 꽉 움켜쥐었다. 그러나 떨림은 좀처럼 멈추지 않았다. 혼자서 흑마법사 단체와 싸운다니 이런 미친 짓이 어디 있겠는가.

스스로 결의를 했지만, 발렌의 두려움은 분명 그 자신에게 영향을 끼치고 있었다. 그런 놈들과 싸워야 한다고? 피에 굶주리고, 사람의 고통을 즐기는 악마 같은 놈들에게?

'몇 번이고 반복해도 마찬가지야. 내가 그들을 어떻게 이겨.'

탁!

그가 결국 벨트를 내려놓았다. 다시 한 번 머릿속으로 정리하기로 했다.

'내가 막을 수 있을까?'

그렇게 깊이 고민하지 않아도 답은 진작에 나오지 않았

는가. 절대 불가능하다. 발렌이 공동묘지에서 목격한 흑마법사들의 수는 다섯 명. 그들을 어찌어찌 처리한다고 해도, 문제가 하나 남아 있었다. 발렌은 공동묘지에서 봤던 흑마법사들이 전부가 아니라고 본 것이다. 그것보다 몇 명 더 있을 것으로 추측하고 있었다.

'마법도, 검도, 아무것도 익히지 않은 내가 흑마법을 익힌 자들을 다섯이나 이기기는 힘들어.'

다섯뿐이겠는가. 한 명도 버겁다. 정면 대결은 절대 승산이 없고, 당연히 피해야 한다. 그나마 가능성이 있다면 그들이 방심했을 때 한꺼번에 처리하는 것이 이길 가능성이 생기는 것이다. 그 가능성도 매우 희박한 게 문제라면 문제지만. 그 희박한 가능성을 조금이라도 끌어 올리기 위해서 발렌도 그들에 대해 잘 알 필요가 있다.

'네크로맨서들이 언데드들을 일으키는 건 일종의 소환 마법이다. 그렇다면 힘에 미치는 범위 안에 있어야 조종 할 수 있다는 뜻이다. 이곳에서 공동묘지까지 거리까지 생각하면 더 있다고 볼 수밖에 없어.'

발렌의 집에서 공동묘지까지의 거리는 2킬로미터가 조금 넘는다. 기초 마법학에는 소환에 관한 내용도 기록되어 있다. 세인브리트 마탑 마법사에게 보급해 주는 기초 마법학은 생각보다 잘 정리되어 있고, 간간히 흑마법에 대한 설명도 있었다.

흑마법사에 대해 조금이라도 더 알아야 그들에게 대항할 수 있다는 이유였다. 발렌도 언뜻 본 기억은 있다. 기초를 다룬 책이라 자세히 나오지는 않았더라도 흑마법사들이 강력한 마법을 구사한다고 영향범위가 크게 차이는 나지 않을 것이다.

'주크 아저씨의 힘을 빌릴까?'

순찰병들이 전부 나서 준다면 그래도 싸워 볼 만하지 않을까 싶었다. 문제는 녀석들이 스켈레톤과 좀비를 토대로 양으로 밀어붙인다면 전멸할 가능성이 농후했다. 아무리 무장을 했다고 하더라도 마나를 배우지 않은 사람들이 흑마법사들을 이길 턱이 없었다.

'마법 병단은?'

어느 정도 희망이 있는 지원군이다. 그들을 움직일 수만 있다면 흑마법사를 처리할 수 있을 것이다. 그들은 황실과 세인브리트 마탑의 마법사들이다. 발렌이 파악하기로는 숫자는 스무 명 안팎. 흑마법사들의 힘이 얼마나 강한지 잘 모르지만, 결코 만만한 상대는 아니라고 판단했다.

그들이 공동묘지에서 일으킨 해골과 좀비의 숫자만 하더라도 100여 구쯤 됐다. 다섯 명이 힘을 합쳤다고 해도 한 명당 스무 구 씩 일으켰다고 계산하면 결코 적은 양은 아니다. 그리 생각했을 때 분명 어중이떠중이들이 아니라는 뜻이다. 마법 병단만 움직여 줘도 흑마법사에게 대항할 수 있지 않을까 싶었다.

'리즈가 믿어 줄지도 의문이야. 아니, 리즈가 믿어 준다고 해도 나머지도 그녀처럼 믿어 줄까?'

엘리즈가 마법 병단을 이끌고 있다면 괜찮겠지만, 나머지가 믿어 줄지 어떨지 모른다. 엘리즈가 아닌 마법 병단을 이끌고 온 대장을 설득해야 할 것이다.

'해 보지 않고서는 몰라.'

발렌은 최대한 사람들을 끌어 모으는 것을 목표로 움직이기로 했다. 이 난관을 헤쳐 나가기 위해서는 사람을 모아야 했다.

\* \* \*

이튿날, 오전. 외출을 했던 발렌이 돌아오자마자 책상을 주먹으로 내리쳤다.

"왜 내 말을 믿어 주지 않는 거야?"

주크에게 도움을 요청하기 위해 병영에 갔다 온 발렌은 거절을 당했다. 흑마법사들이 6일 후에 아올란 마을의 공동묘지에서 언데드들을 만들어 마을을 쑥대밭으로 만들 거라고 말했다. 그러나 주크는 그 이야기를 듣고 발렌을 그냥 돌려보냈다. 아무런 조치도 하지 않고 말이다. 머리 좀 식히고 다시 오라면서.

발렌은 쉽게 믿지 않을 것이라 생각은 했지만 설마 바로 돌려보낼 것이라고는 상상도 하지 못했다. 그는 마을 사람들만이라도 안전하게 대피시키고자 말하고 다녔지만, 오히려 그것 때문에 다시 병영에 끌려가야 했다. 덕분에 허위 소문을 유포했다는 이유로 거의 반나절 동안 유치장에 갇혀 있다가 나온 참이었다.

그나마 주크가 힘을 써 준 덕분에 크게 일이 벌어지지 않았지만, 사람들이 불안해할 거짓 소문은 중죄라고 경고하며 돌려보냈다.

"왜? 도대체 왜?!"

발렌은 이해하지 못했다. 왜 이것을 거짓말로 치부하는 걸까? 왜 믿어 주지 않는 것일까? 위협을 미리 알렸는데 조사를 하는 시늉이나 경계를 강화하는 시늉조차 보이지 않았다. 이에 당연히 발렌은 크게 실망하고 화가 날 수밖에 없었다. 제대로 조사를 하지 않는 건 수도나 이곳이나 똑같았다.

'주크 아저씨는 최소한 성실하고 자신의 일에 충실한 사람이라고 생각했는데!'

자신의 말을 믿어 줄 것이라고 믿은 만큼 실망이 클 수밖에 없었다.

 똑똑!

 방문을 누군가가 노크한다. 그리고 문이 조심스럽게 열렸다.

 "발렌. 식사해야지."

 시이나였다. 발렌은 식사할 생각이 들지 않았기에 고개를 저었다.

 "괜찮아요. 뭔가 먹을 생각이 없어요."

 "할 말이 있으니 나오거라."

 그 말을 한 것은 메튜였다. 시이나의 뒤에서 발렌의 방 안을 가만히 바라보는 메튜. 그는 담담했지만, 목소리는 결코 부드럽지 않았다. 발렌이 뭔가 잘못한 게 있으면 꾸짖기 전의 표정이었다.

 발렌은 일단 진정하기로 하고서 방을 나와 부엌으로 향했다. 평소와 다를 것 없는 평범한 식단. 즐거워야 할 식사 시간이지만, 이번만큼 불편한 기운이 돈 적은 단 한 번도 없었다. 평소 웃으며 먹던 레이나는 분위기를 읽고 가만히 있을 뿐이었다.

 오랫동안 침묵이 계속되고, 아무도 포크를 들지 않고 있을 때, 잠자코 팔짱을 끼고 있던 메튜가 침묵을 깼다.

"발렌. 주크에게 소식은 들었다."

"……."

역시 자신이 유치장에 갔다 온 것에 대해서 들은 모양이다. 하기야, 듣지 않았다면 어제 저녁에 어디를 갔었냐고 먼저 물어봤을 것이다.

"갑자기 왜 그러는 거냐. 마을 사람들도 멀쩡하던 녀석이 갑자기 이상해졌다고 말하더구나. 평소 엊그제 저녁부터 표정이 어둡더니 갑자기 왜 그러는 거냐?"

딱히 짚이는 점 없이 갑자기 돌변하니 이상할 수밖에 없었다.

"피해야 돼요."

아무도 믿지 않겠지만, 발렌은 가족만이라도 대피시키고자 했다. 그래, 가족들이라면 자신의 말을 믿어 줄 것이라고 생각했다.

"발렌, 왜 그러니?"

"어머니, 아버지. 제발 믿어주세요. 흑마법사들이 6일 후에 공동묘지에서 언데드들을 만들어 마을을 쑥대밭으로 만들 거예요."

"또 그 소리니?"

"엊그제 제가 그 얘기를 들었어요! 흑마법사들이 어린아이들의 심장을 꺼내서 언데드을 소환할 거라고. 어린아이의 심장이 짐승의 심장보다 더 좋다고!"

"무슨 소리니, 발렌? 넌 엊그제 일을 돕다가 방에서 책만 보지 않았니?"

"……."

 발렌은 그 말을 듣는 순간 멍해질 수밖에 없었다. 그러고 보니 이 날을 기준으로 엊그제에 자신이 무슨 일을 했는지 깜빡하고 있었다. 곰곰이 생각해 보니 리셋이 시작되기 전에 외출을 안 했다.

'바보 같은…….'

 발렌은 그제야 자신의 실책이 뭔지 깨달았다. 사람들이 그의 말을 믿지 않는 이유는 너무도 명확했다. 리셋이 시작되기 전 그는 평범하게 집안일을 돕고 책이나 보며 한가로운 일상을 만끽했다. 밖에 돌아다녀도 레이나와 함께 장을 보고 왔다. 그렇지 않아도 흑마법사가 6일 후 저녁에 나타날 것이라고 두서없이 다짜고짜 말해도 믿기지 않을 얘기다. 그가 집에만 있다는 것을 잘 알고 있기에 아무도 그의 말을 믿지 않는 것이다.

"아무래도 그간 많이 고생했나 보구나."

 발렌이 머리를 매만졌다. 그의 표정이 어두워졌다.

"무리하지 말고 푹 쉬렴."

 결국 가족들조차 믿어 주지 않는 상황에 발렌이 다시금

좌절했다. 결국 부탁할 수 있는 것은 단 하나. 마법 병단 밖에 없었다.

\* \* \*

터벅터벅. 터벅터벅.

발렌이 그는 퀭한 눈으로 같은 곳을 계속 맴돌았다. 평소 잡생각이 많아지거나 고민거리가 있으면 자주 이러한 행동을 하는데, 이번에는 목적이 달랐다. 그는 이번에 누군가를 기다리고 있는 것이다.

"발렌!"

발렌은 하염없이 잡화점 근처를 돌아다니며 시간을 보내던 발렌의 뒤로 익숙한 목소리가 들려왔다. 뒤를 돌아보니 엘리즈와 이바나가 그에게 다가오고 있었다. 엘리즈가 반갑다며 손을 흔들고, 발렌은 억지로 미소를 지어 주며 그녀들을 맞이했다.

"리즈, 왔어? 이바나 씨도 잘 오셨어요."

"마치 우리가 올 줄 알았다는 듯한 말투네."

이바나는 발렌의 반응이 미적지근하자 그렇게 말해 왔다. 발렌이 어깨를 한 번 으쓱였다.

"이미 소문이 쫙 퍼진 상태였으니까요. 마법 병단이 온다는 소식은 물론, 마탑주의 제자들이 온다는 소식도 들었어요."

실제로 마탑주의 제자들이 이번에 마법 병단으로 활약하기 위해 온다는 소식을 들었다. 상인들의 정보통이 매우 빠르기 때문에 금방금방 이곳까지 전해지는 것이다.

"깜짝 놀라게 하려고 했는데……."

엘리즈가 아쉽다는 듯 입맛을 다셨다. 자신이 원하던 반응이 아니니 실망한 눈치였다.

"그런데 발렌. 어디 아파? 어째 기운이 없어 보이네?"

엘리즈는 발렌의 상태를 금방 알아보았다.

"실은 마법 병단에 전할 말이 있어."

"뭔데?"

엘리즈는 발렌이 상당히 진지하다는 것을 깨달았다. 분명 중요한 일이라고, 그녀의 직감이 그렇게 말해 오고 있었다.

"여기에서 말할 수 없어. 마법 병단을 이끌고 있는 분은 누구셔?"

"병단장님 말하는 거지? 황실 마법사인 테아블 님이셔."

누군지는 모르지만, 황실 마법사인 데다 세인브리트 마탑의 마법사들까지 지휘하는 것을 보면 분명 영향력이 적잖은 사람일 것이 분명했다.

"그분께 안내해 줄 수 있어? 매우 중요한 일이야."

"······?"

너무도 진지하게 말하는 그를 보고 엘리즈와 이바나가 서로 마주 봤다.

"부탁이야. 날 데려가 줘."

그의 간곡한 부탁에 엘리즈는 고개를 끄덕일 수밖에 없었다.

\* \* \*

황실 마법사 대표이자, 병단장을 맡고 있는 테아블 디 마틱스. 그는 이틀이 넘도록 고된 행진을 하여 푹 쉬기 위해 중요한 일이 아니면 자신의 방에 모든 사람들의 출입을 금지했다. 내일 무리가 되지 않게 술은 자제하되 출발하기 전까지 자유 시간을 보내라고 명했다. 마법사들은 이에 기뻐하고, 다들 흩어져서 각자 자유 시간을 만끽했다.

"여관이 그리 좋은 건 아니지만 그래도 나쁜 것도 아니로군."

테아블은 더러워진 몸을 씻고 옷을 갈아입은 후 침대에 누운 참이다. 자신이 쓰던 침대보다 딱딱하지만, 완전히 땅바닥에서 자는 것보다 훨씬 나았다. 이틀 간 야영을 하며 땅바닥에서 자야 했기에 이것마저도 포근하게 느껴졌다.

"나도 이제 늙어가나. 고작 이틀 동안 땅바닥에서 잤다고 벌써 힘들게."

이제 예순을 앞둔 그는 허리를 톡톡 때렸다.

똑똑.

"병단장님. 안에 계신가요? 면담할 게 있어요."

밖에서 누군가의 목소리가 들려왔다. 테아블은 인상을 구기며 짜증 섞인 목소리로 물었다.

"내가 중요한 일이 아니면 출입을 금지했을 텐데? 누구냐."

"엘리즈예요."

그 말을 듣고 테아블이 화들짝 놀라며 헛기침을 했다. 황실 마법사의 대표인 그가 엘리즈를 모를 리 있겠는가. 간혹 그가 마법 지도를 했었기 때문에 더더욱 잘 알고 있다.

"크, 크흠! 죄송합니다, 황녀님. 들어오십시오."

세인브리트 마탑의 마법사가 되었다고는 하지만, 그녀가 황녀라는 것은 변함이 없는 법. 마틴의 목소리가 금세 정중해졌다. 방문이 열리고, 곧 엘리즈와 이바나 그리고 처음 보는 청년이 안으로 들어왔다. 그들은 꿈뻑꿈뻑 눈을 깜빡이며 그를 응시했다. 자기에게 뭔가 묻었나 생각하던 그는 자신의 옷이 잠옷이라는 걸 깨달았다. 딱히 창피할 법한 옷은 아니지만, 잠옷이라는 걸 확실히 말해 주듯 옷이 헐렁했다.

"어머, 취침하시려고 하신 건가요?"

"허허, 괜찮습니다."

엘리즈가 죄송하다는 표정으로 그를 바라본다. 테아블은 괜찮다며 허허 웃을 뿐이다. 물론 엘리즈이기에 이런 반응이지, 다른 사람이었으면 당장 나가라고 쫓아냈을 것이다.

"한데 황녀님. 어쩐 일로 찾아오셨는지요? 혹 방이 불편하십니까?"

"아뇨. 그런 일로 찾아뵌 게 아니에요."

엘리즈가 옆으로 한걸음 비키며 뒤에 있는 발렌을 가리켰다. 처음 들어왔을 때부터 따라 들어온 이었다. 발렌이 자신을 소개했다.

"세인브리트 마탑의 사서, 발렌시아라고 합니다."

"세인브리트 마탑의 사서라면…… 황녀님을 구한 사람이로군."

발렌은 이미 황실에서도 유명인이었다. 평범한 평민이 목숨을 걸고 엘리즈를 두 번이나 구했기에 평민 시종들 사이에서 여전히 입에 오르내리고 있었다.

"한데 세인브리트 마탑에 있지 않고 여기까지 어쩐 일인가?"

그 대답은 엘리즈가 대신했다.

"실은 이곳이 발렌의 고향이에요. 이번에 휴가차 왔다가 중요한 얘기가 있다고 해서 병단장님을 뵙기를 요청했어요."

"중요한 얘기?"

엘리즈도 아니고 고작 평민이 자신에게 중요한 얘기가 있다면서 엘리즈를 이용해 찾아오다니. 고작 평민 따위가 자신의 휴식을 방해했다는 생각이 드니 괘씸하게 느껴졌다. 테아블은 엘리즈나 이바나와 다르게 여타 귀족들과 다를 바 없는 사람인 것이다.

그러나 엘리즈가 데리고 온 이였기에 함부로 말할 수는 없는 법. 무엇보다 그는 그녀와 벗이 아니던가. 황녀와 평민이 벗이 되었다는 소문은 귀족들 사이에서도 오르내리는 말이기도 했다.

"중요한 얘기가 뭔가? 혹 단 둘이 얘기해야 하는 건가?"

"괜찮습니다. 오히려 듣는 게 더 나을지도 모릅니다."

테아블은 말해 보라는 듯 손짓했다. 얼마나 중요한 얘기인지 일단 들어 보기나 하자는 듯한 느낌이 물씬 풍겨 나왔다.

"오늘 저녁, 흑마법사들이 아올란 마을을 몰살시킬 겁니다."

"……?!"

테아블은 전혀 상상도 못한 얘기에 놀랄 수밖에 없었다.

"흑마법사가 변방 영지도 아닌 수도 근처, 그것도 남바른 공작령을 무너뜨리기 위해 왔다니. 쉬이 믿을 수 없는 얘기군."

오히려 말도 안 되는 얘기다. 남바른 공작령은 제국의 귀족 중 단연 으뜸이다. 마음만 먹는다면 독립해서 부강한 왕국 하나를 세울 수 있을 만큼 따르는 가신들도 꽤 많았다.

남바른 공작가가 대대로 황실과 좋은 관계를 유지하고 있어 아직도 귀족으로 남아 있는 것이지, 마음먹기에 따라 무엇이든 할 수 있는 가문이었다. 그런 곳을 고작 흑마법사들이 공격하겠다고? 웃음이 나올 일이다.

"설령 그것이 진실이라 하더라도 난 황제 폐하께서 내린 명을 받들어야 한다. 독단적으로 다른 작전을 수행해 피해를 볼 수도 없는 법. 흑마법사들의 징후가 포착되면 그때 움직이도록 하마."

"그러면 늦습니다!"

발렌이 버럭 소리를 질렀다. 흑마법사의 징후가 포착되면 움직인다니. 가당치도 않은 소리다. 흑마법사의 징후를 알아챘으면 그가 두 번째에서 죽음을 맞이하는 경우는 없었을 것이다. 또한 발렌은 공동묘지에서 집까지 도주하면서 마법 병단을 코빼기도 보지 못했다.

그 얘기는 마법 병단에서 그들을 포착하지 못했다는 뜻이다. 그들이 언데드들을 일으키고 막기 위해 출동하면 이미 늦는다. 마을 사람들은 몰살당할 것이고, 마법 병단도 엄청난 피해를 입을 것이다.

"병단장님. 일단 발렌의 얘기를 좀 더 듣는 게 어떠신지요?"

엘리즈는 발렌의 말을 믿어 주었다. 안 그래도 허무맹랑한 소리를 두서없이 자포자기하는 심정으로 말해 더욱 믿기지 않지만, 그가 결코 허언을 할 사람은 아니라고 생각한 것이다.

발렌은 자신의 말에 그래도 귀를 기울여 주는 엘리즈에게 고마움을 느꼈다. 그러나 테아블은 고개를 저었다.

"황녀님. 소신은 황제 폐하의 명에 따라 몬스터 소탕에 참여한 사람입니다. 그의 말대로 흑마법사가 오늘 저녁에 나타난다면 문제가 되겠지만, 흑마법사의 징후는 전혀 발견되지 않았습니다."

흑마법사들이 신출귀몰한다고는 하지만, 그 전에 징후가 발견되기는 한다. 그의 말대로 아올란 마을을 몰살시킬 생각이라면 그만한 징후가 있어야 하는데, 전혀 발견되지 않았다. 또한 이 마을에는 프리스트도 몇몇 방문한 것으로 알고 있었다. 그들이라면 들어오자마자 알아챘을 터이다.

"하나 만약이라는 것이 있으니 들어보겠다. 흑마법사들이 어떤 식으로 이 마을을 몰살시킨다고 했지?"

"언데드를 소환하여 이 마을을 몰살시킨다고 했습니다."

"언데드를 소환하려면 상당한 시간이 소요된다는 것을 혹시 알고 있나? 제물이 필요하고, 그에 걸맞은 시간이 필요하지."

"그들은 어린아이들의 심장을 제물로 한다고 했습니다."

"어린아이의 심장을 제물로 한다라…… 지금까지 알려진 바로는 어린아이들의 심장이 흑마법의 시전 시간을 단축시킬 수 있다는 바는 들어 본 적이 있다."

그 말을 듣고 발렌의 얼굴이 밝아졌다. 자신이 말하는 것이 딱딱 들어맞고 있는 것이다. 그렇다면 이들은 분명 움직여줄 것이라 생각했다.

"하나 언데드를 소환할 때 평균적으로 일주일 정도가 소요된다. 어린아이들의 심장으로 해도 최소 이틀에서 최대 사흘은 걸리겠지. 그 시간 동안 우리가 발견하지 못할 리 없다."

그러나 현실은 잔혹했다.

"애초에 언데드를 일으키려면 막대한 마기를 필요로 하지. 이 마을을 몰살시키려면 최소한 백여 구는 필요할 텐데, 그만큼 방대한 마기를 우리가 느끼지 못할까 봐?"

그들은 전혀 눈치채지 못한다. 마법 병단이 낌새를 눈치를 챘다면 발렌이 미행하고 그 과정을 전부 지켜볼 동안 도착했어야 정상이다. 거리상 요정의 휴식처에서 공동묘지까지 그리 먼 거리는 아니니까 뛰어온다면 충분히 저지할 수 있다. 그러나 발렌은 집으로 도망갈 때 동안 마법 병단을 전혀 보지 못했다.

"그러니 걱정하지 말고 두 발 쭉 뻗고 자거라."

"정말 그러면 늦습니다. 처음부터 대비해야 합니다."

"아니, 늦는 일은 절대 없다. 정말 낌새가 느껴지면 움직이도록 할 터이니. 내가 괜히 병단장이겠나?"

발렌은 테아블을 상당히 고지식하다고 평가했다. 자신의 실력을 과대평가하고 있는 것 같았다. 거기다 딱 봐도 지금 당장 두 발 쭉 뻗고 자고 싶어 하는 게 티 나는 사람이 자신을 믿으라고 말해 봤자 설득력은 전혀 없다.

테아블은 진지해 보이지만, 발렌이 보기에는 자신을 상대하기 귀찮아하는 게 눈에 들어올 정도였다. 게다가 그는 전형적인 귀족. 엘리즈와 이바나가 신기하게 발렌을 아무렇지 않게 대하는 것이지, 그는 평민인 그를 상대할 생각조차 하지 않았다.

으득! 이가 갈렸다. 몇 번 말해도 소용이 없다. 그는 절대 말을 듣지 않을 것이다.

그저 어중이떠중이 흑마법사 무리였다면 그에게 이런 거창한 임무가 내려지지도 않았을 것이다. 흑마법사들을 저지하라고 할 정도면 상상하는 것 이상의 사태가 벌어질 것이라고 생각한 것이다.

"나라가 망할 수도 있다고!"

보나바르의 리셋 마법은 나라에 크게 영향이 미치는 일들에 한해 내려지는 것으로 발렌은 추측하고 있었다. 분명 이 사건도 나라 자체에 큰 영향을 미치는 사건이 될 것이 확실하다.

"발렌."

등에서 느껴지는 시선이 따끔하다. 발렌은 뒤를 돌아보았다. 그리고 엘리즈와 눈이 마주쳤다. 그녀는 화가 난 듯 그를 노려보고 있었다. 그제야 발렌은 자신이 말실수를 했다는 것을 깨달았다.

"참으로 불경한 녀석이로구나. 황녀님의 벗이라고 하여 눈에 뵈는 게 없는 것이냐? 감히 네놈 따위가 나라의 흥망을 토로해?"

또한 테아블의 눈빛도 날카로워졌다. 눈빛으로 사람을 죽일 수 있었다면 발렌은 수십 번은 죽었을 것이다.

"당장 나가라."

테아블이 손을 휘젓자, 발렌의 몸이 방문 밖으로 날아갔다. 날아가면서 벽에 머리를 부딪친 발렌. 무슨 일이 일어난 건지 모르고 발렌은 머리를 부여잡으며 고통을 호소했다.

"발렌!"

이바나가 발렌에게로 뛰어가 그의 상태를 확인했다. 머리를 부딪치기는 했으나 손속은 둔 모양인지, 그에게 상처는 보이지 않았다. 엘리즈가 테아블의 방에서 나오며 그를 내려다보았다. 그 와중에도 테아블의 목소리가 들려왔다.

"불경죄를 물어 네놈을 처벌하는 것이 응당 마땅하나, 황녀님의 존안을 봐서 넘어가마. 하나 황녀님께서 추후 처벌을 원하시면 난 네놈을 처벌할 것이다."

테아블의 경고와 함께 방문이 세게 닫혔다. 발렌은 화가 난 얼굴로 자신을 내려다보는 엘리즈와 눈을 마주쳤다.

"리즈……."

"실망이야."

엘리즈는 변명도 필요 없다는 듯 몸을 획 돌렸다. 단단히 화가 난 듯 고개도 돌리지 않고 홀연히 사라졌다. 그리고 자리에는 이바나와 발렌만 남게 되었다

"일어날 수 있겠어?"

"예."

발렌은 조심스럽게 몸을 일으켰다. 머리에 충격이 컸는지 어질어질 거렸다. 그가 몸을 휘청거리자, 이바나가 그를 부축해 주었다.

"일단 밖에 나가자."

"그게 좋겠어요."

이곳에 있다가는 숨 막혀 죽을 것 같았다. 이바나의 부축을 받으며 밖으로 나온 발렌은 길가에 있는 벤치에 앉으며 멍하니 하늘을 바라보았다. 하늘은 살짝 붉은빛이 보이기 시작하고 있었다. 한참을 그렇게 멍하니 있는데, 옆에서 함께 있어 주던 이바나가 입을 열었다.

"바보 같은 짓을 저질렀네."

"그러게요."

발렌은 쓴웃음을 지으며 머리를 쓸어 올렸다. 나라가 망할 수도 있다니. 다른 이도 아니고 엘리즈와 황실 마법사 앞에서 그런 말을 한 것은 바보 같은 짓이었다.

"오늘 만날 때부터 상태가 안 좋더니. 너답지 않게 왜 그래?"

이바나는 발렌이 언행을 함부로 하는 사람이 아니라는 것을 잘 알고 있었다. 그런 그가 갑자기 버럭 소리를 지르며 말을 함부로 한 것은 상당히 의아할 수밖에 없었다.

"저도 하기 싫지만 해야 하는 일이 있어서요."

무섭고, 두렵고, 공포스러운 일이다. 하기 싫다. 이 상황을 벗어나고 싶다. 그것이 지금 발렌의 생각이었다.

"무섭고, 두렵고, 죽기 싫고, 몸부림치기 싫지만, 그래도 해야만 하는 일인걸요. 전 그런 재수 없는 운명을 타고났으니까. 해야죠. 할 수밖에 없으니 무조건 해야죠."

공허한 시선으로 다시 하늘을 바라보는 발렌. 그 모습을 보고 이바나가 침묵했다. 그가 하고 싶어 하는 얘기가 뭔지 이해하지 못했다. 그러나 뭔가에 쫓기는 듯한 그 모습을 보니 안쓰러워졌다.

'넌 도대체 뭐에 그리 쫓기는 거니?'

이바나는 그가 마치 뭔가에 홀린 사람처럼 보였다. 두서없이 자기 하고 싶은 말만 하고, 제대로 설명도 하지 않는 모습을 보니 답답하게 느껴졌다. 자신이 알면 안 될 비밀을 가지고 있는 것 같은 느낌이 들었다. 또 그의 모습에서 언뜻 지친 기색이 엿보인다. 큰일을 겪은 얼굴이었다.

"너 어딘가 망가진 것 같아."

"그 말 언젠가의 누구에게 들어 본 것 같네요."

아마 엘리즈가 자신의 리셋 마법을 이해해 주었을 때의 날에 했던 말일 것이다. 발렌은 설마 그 말을 이바나에게서 들을 줄은 전혀 몰랐다.

"이바나 씨. 혹시 실험하실 물품 더 가지고 계세요?"

"갑자기 무슨 바람이 들었어? 딱 봐도 싫다는 얼굴로 거부하던 녀석이 실험을 도우려고 하고?"

"호신용으로 괜찮을 것 같아서요."

"……또 그놈의 흑마법사 얘기야?"

"네."

"왜 확실치도 않은 일에 그렇게까지 예민하게 구는 거야?"

확실치 않은 일이 아니라 확실한 일이다. 이제 고작 몇 시간 후, 해가 가라앉고 하늘이 어둠으로 물들 때 흑마법사들이 움직일 것이다. 그러나 오직 자신만 알 수 있는 미래라는 게 문제다.

"이바나 씨."

"왜?"

"그냥 기우이기를 바라지만 제가 스스로를 지킬 수 있도록 최소한의 호신용품이라도 챙겨 주세요."

결국 끝까지 이렇게 나온다. 이바나가 땅이 꺼지도록 한숨을 내쉬었다.

"후우. 그래. 내가 졌다. 줄게. 잠깐만 기다려."

이바나가 여관 안으로 들어가더니 한참 후에야 보따리를 들고 나왔다. 엘리즈가 감시한다고 못한다더니 그래도 어떻게든 몰래 사용하려고 가지고 온 모양이었다.

"고마워요."

발렌이 손을 내밀며 그녀의 보따리를 챙기려고 할 때였다. 이바나가 팔을 뒤로 뺐다. 발렌이 고개를 갸웃거리며 바라보니, 이바나가 손가락으로 그의 이마에 딱밤을 때렸다. 생각보다 세게 때려서 이마가 얼얼했다.

"오다가 엘리즈가 말하더라. 너무 무례하게 행동한 너에게 벌을 내리라면서."

그러고는 발렌에게 보따리를 내밀었다.

"오늘 아무 일도 없이 내일이 찾아오면 우리가 몬스터의 숲으로 가기 전에 엘리즈에게 사과해야 한다?"

"네, 물론이죠. 고마워요, 이바나 씨."

사과할 일은 없을 것 같지만 그래도 고마운 건 고마운 거다. 발렌은 잘 사용하겠다고 말하며 그녀에게서 보따리를 받았다.

"되도록이면 사용하지 않기를 바랄게."

"실험해서 알려 달라고 하셨으면서 이번에는 사용하지 않기를 바란다니. 제가 걱정되세요?"

"누, 누가 널 걱정했다고! 단지 그걸 네가 염려하는 것에 사용하지 않기를 바란다는 의미였을 뿐이거든?"

순간 당황해서 말을 더듬는 이바나를 보고 발렌이 자신도 모르게 크게 웃어 버렸다.

\* \* \*

 저녁 식사 후. 흑마법사들이 마을에 나타나는 그 시간이 되었다. 발렌은 숨을 크게 들이마시며 창고에서 나무 상자를 꺼내 물품을 살펴보기 시작했다. 시이나는 제니 아주머니에게 책을 빌리기로 했다며 밖에 나갔다.
 '제니 아주머니 댁은 마을의 언덕에 있다. 흑마법사들이 당당히 마을 입구로 들어왔다면 필연적으로 우리 집을 먼저 노릴 수밖에 없겠지.'
 발렌의 집은 마을 입구에서 가까웠다. 반면 제니 아주머니의 집은 이곳에서 좀 더 멀고, 공동묘지에서도 어느 정도 거리가 있다. 차라리 제니 아주머니가 있는 곳으로 향하는 게 조금 더 안전할지도 모른다. 발렌은 레이나가 잠드는 시간을 알기에 일부러 잠에 들지 않게 놀아 주고는 시이나와 함께 보냈다.
 다행히 레이나도 가고 싶은 모양이었던지 시이나의 손을 잡고 제니 아주머니의 집으로 갔다. 한동안 창고를 뒤지던 발렌이 물품을 들고 거실로 나왔다. 거실에 앉아 있던 메튜는 발렌이 들고 나온 물품을 보고 인상을 찡그렸다. 가죽 갑옷과 롱소드였다.

"발렌. 그건……."

"아버지가 용병 시절에 쓰시던 물품이에요."

"창고 깊숙이 보관하고 있었을 텐데. 그걸 왜 꺼낸 거냐?"

"아버지가 쓰시게 될 거니까요."

"……."

메튜의 표정이 험악해졌다. 그러고 보니 오늘이 흑마법사가 나타날 거라고 했던 날이었던가? 아마 그와 관련된 이야기와 연관이 있는 행동이라고 생각한 것이다.

"정신 차려라, 발렌. 도대체 왜 그러는 거냐?"

"아버지. 전 힘이 없어요. 하지만 아버지는 힘이 있죠. 용병 시절 배우신 무투기와 실전 경험이 말이죠."

발렌도 실전 경험은 있다. 다만 그 실전이 상대방과 실력을 겨뤘다고 보기 힘든 것들이었다.

"하지만 제게 있는 거라고는 그저 살려고 발버둥치는 것과 이바나 씨에게 받은 이 실험품들 뿐이죠."

발렌은 철저히 무장했다. 벨트에 끼워둔 가죽 주머니에 이바나의 실험품들을 잔뜩 집어넣고, 사용할 수 있도록 한 것이다.

"아버지. 그냥 못난 아들의 말을 믿어 주세요. 아니, 그냥 속아 주고 절 안심시켜 주세요."

발렌이 포기할 것 같지 않자 메튜가 고개를 저었다.

"후우…… 그래, 알았다. 그래야 안심하고, 다시 정신을 차려 준다면 입도록 하마. 주거라."

메튜가 발렌에게서 가죽갑옷을 건네받았다. 너무 오랜만에 입어 보는 가죽 갑옷. 오랜 세월 창고에 방치되어 있었어도 관리를 한 듯 아직도 쓸 만했다. 롱소드도 꺼내 보니 녹슨 곳 하나 없이 말끔했다.

"이곳에 네 엄마와 정착한 이후 이걸 방치했는데, 네 엄마가 관리한 모양이구나."

20여 년간 한 번도 관리하지 않은 메튜. 그 적잖은 시간 동안 누가 관리하지 않은 이상 녹슬지 않을 리 없었다. 창고를 자주 오가는 시이나가 관리했을 것이라 확신했다.

그간 잊고 살았는데 오랜만에 자신이 쓰던 물건들을 착용하고, 바라보니 감회가 새로웠다.

"그런데 발렌."

"예, 아버지."

"네가 들고 있는 망치 말이다. 그거 내가 일할 때 쓰는 망치 아니냐?"

발렌의 손에는 주먹만 한 크기의 망치가 있었다. 딱히 검을 다룰 줄도 모르고, 아는 것이라고는 장작을 패는 것이나 망치질뿐이다.

대항하는 방법 249

어렸을 적 아버지의 목수 일을 도와 망치질도 해 봤기에 망치를 다룰 줄 알고 있다.

'이걸 사람을 때릴 때 쓴 적은 없지만.'

없는 것보다 있는 것이 심적으로 안정이 되는 것은 사실이다.

"나름 무장한 거예요."

메튜가 그것을 듣고 피식 웃었다.

덜그럭— 덜그럭—

똑! 똑!

익숙한 소리와 함께 누군가가 문을 노크한다. 발렌과 메튜의 시선이 출입문으로 향한다.

"누구십니까?"

메튜가 출입문으로 가려고 하자, 발렌이 이를 막았다.

"아버지. 물러나세요."

"왜 그러냐, 발…… 렌?"

발렌의 표정이 심상치 않게 변했다. 그의 얼굴은 잔뜩 굳어져 있었다. 메튜에게 발렌의 모습은 너무나 익숙한 표정이었다. 용병 시절 동료들이 위기나 두려움을 눈앞에 둘 때 긴장하면 짓는 표정이다.

'분명 노크 소리 전에 덜그럭 거리는 소리가 들렸어.'

발렌은 노크 소리가 나기 전 그 소리에 집중했다. 노크를 하고 있는 이 순간에도 덜그럭 거리는 소리가 들려왔다. 리셋 하기 전 공동묘지에서 들었던 스켈레톤이 움직이는 소리와 같았다.

'왔구나.'

발렌의 손에 힘이 들어갔다. 그의 손에 땀이 찼다. 덥지 않고 쌀쌀한데도 그의 얼굴에 땀이 흐르고 있었다.

콰앙!

집 안에서 반응이 없자 잠깐 잠잠해지는가 싶더니 요란한 소리와 함께 문이 박살났다. 그 소리에 놀란 메튜가 자신도 모르게 검을 뽑아 들고 경계했다. 이윽고 그들은 눈앞에서 문을 박살 낸 자의 정체를 볼 수 있게 되었다.

"스, 스켈레톤 워리어?!"

메튜가 소스라치게 놀랐다.

\* \* \*

무장한 해골들이 발렌의 집 안으로 점점 들어왔다. 집 안으로 들어온 것은 스켈레톤 워리어뿐만이 아니었다. 좀비도 있었다.

'좀비는 딱히 어려운 상대는 아니다. 하지만 스켈레톤 워리어는 얘기가 달라.'

일반 스켈레톤과 달리 스켈레톤 워리어는 무장한 것도 있지만, 움직임이 조금 더 빨랐다.

딱딱딱!

스켈레톤 워리어의 이빨이 위아래로 부딪쳤다. 그 소리로 감각이 순식간에 평소보다 더욱 예민해진다. 분명 작은 소리겠지만, 집 전체에 울리는 게 아닐까 싶을 정도로 크게 들려왔다.

"발렌, 뒤에 있거라!"

메튜가 발렌을 뒤로 밀쳐 버리고는 주변에 있는 의자를 잡아 휘둘렀다.

콱!

스켈레톤 워리어가 방패를 들고 방어했다. 튼튼한 의자가 순식간에 박살이 났다. 그러나 메튜는 오히려 앞으로 일보 전진하며 검을 가로로 휘둘렀다. 그러나 스켈레톤 워리어는 바로 방패를 들어 그의 공격을 막아 냈다. 스켈레톤 워리어가 들고 있는 롱소드를 찔러 들어왔다.

"아버지!"

발렌이 소리쳤다. 스켈레톤 워리어의 롱소드는 정확히 메튜의 복부를 향해 찔러 들어오고 있었다. 그러나 그는 재빨리 뒤로 반보 물러나 아슬아슬하게 녀석의 공격을 피했다. 스켈레톤 워리어의 중심이 앞으로 쏠렸다. 메튜가 다리를 걸어 녀석을 넘어뜨린 후, 발로 머리를 박살냈다. 스켈레톤 워리어가 순식간에 풍화되기 시작했다. 해치웠다는 뜻이다.

"고작 해골 주제에."

발렌은 아무렇지도 않게 순식간에 하나를 해치운 아버지의 모습을 멍하니 바라보았다. 아버지가 과거에 알아주는 용병이고, 아올란 마을의 조폭들을 단신으로 해치웠다고는 들었지만, 직접 검을 들고 싸우는 걸 보는 건 처음이었다.

분명 적잖은 시간 동안 검을 놓고, 아주 가끔씩 연습하는 것만 봤다. 실전에서 익숙하게 싸우는 모습을 보니 대단한 실력자라는 것을 알 수 있었다. 그러나 이렇게 멍하니 있을 때가 아니었다. 아직 집으로 들어온 언데드들은 다섯이나 더 남아 있었다.

창을 든 스켈레톤 워리어가 창을 찔러 들어왔다. 녀석들에게서 눈을 떼지 않고 있던 메튜가 방금 쓰러뜨린 녀석의 나무 방패를 주워 들어 창을 막았다. 어찌나 낡았는지, 창대에 맞았을 뿐인데, 나무 방패의 파편이 튀었다. 메튜가 방패를 휘둘러 창을 후려쳤다. 녀석의 창대가 박살 났다.

그는 회전력을 이용해 중심을 앞으로 하고 어깨로 스켈레톤 워리어를 밀쳐내 버린 것이다. 창을 휘두르던 스켈레톤 워리어가 뒤로 넘어졌다. 메튜가 들고 있던 방패로 녀석의 머리를 세게 후려쳤다. 스켈레톤 워리어의 뼈가 부서졌다.

"그어—!"

이번에는 나머지 놈들이 일제히 달려들었다. 넷이 한꺼번에 달려들면 놀랄 만도 한데, 메튜는 재빨리 뒤로 굴러 녀석들과 검무를 벌이기 시작했다.

"은퇴를 한 지 오래 지나서 그런지 다수를 상대로 싸우는 건 힘들군."

메튜는 완전히 지치지는 않았지만, 오랜만에 실전을 해서 그런지 거친 숨을 몰아쉬고 있었다.

"발렌. 스켈레톤 워리어는 움직임이 인간에 비해 느린 편이다. 내가 시선을 끌 테니 뒷문으로 도망쳐라."

"그럴 수 없어요, 아버지."

리셋 당했을 때 싸늘한 시체로 있던 메튜의 모습을 봤던 발렌. 그를 놓고 갈 수 없다고 판단했다. 그러나 메튜는 완고했다.

"내 말대로 해라. 무장하지 않은 상태에서는 어떻게 해볼 도리가 없었겠지만 무장한 지금이라면 감당할 수 있으니까."

메튜는 자신감을 보였다. 실제로 이를 해낼 수 있다고 생각하고 있는 것이다. 스켈레톤 워리어를 상대하는 건 처음이지만, 그는 용병 생활을 하면서 네크로맨서가 부리는 언데드들에 대해 들은 바가 많았다.

스켈레톤들은 힘이 세지만, 움직임이 둔하다. 좀비는 힘도 세고, 움직임이 빠르지만, 무장한 상태라면 상대할 만하다고. 직접 두 녀석을 쓰러뜨리면서 메튜는 이 정도 숫자도 혼자서라면 어떻게든 감당할 수 있으리라는 확신이 섰다.

"꺄아악!"

"살려 줘!!"

그리고 다른 집에서 비명 소리가 들려왔다. 아마 이웃 사람들의 상황도 자신들과 다를 바 없는 것 같았다. 싸우는 와중에도 주변에 귀를 기울이고 있던 메튜가 인상을 구겼다.

"발렌. 얼른 가라! 네 어머니와 동생을 찾아 안전한 곳으로 대피해!"

"아버지는요?"

"나중에 합류하겠다. 상황이 진정될 때까지 어디든 숨어 있어라. 일단 내가 할 수 있는 만큼 시간을 벌면서 마을 사람들을 구할 터이니, 넌 어서 달아나라!"

메튜는 순식간에 가장 현실적인 방법을 생각했다. 발렌은 검을 잘 다루지도 못하고, 체력도 좋지 못하다. 운이 좋아서 스켈레톤 하나쯤 어떻게 할 수 있을지 모르지만, 분명 위험한 행위이다. 차라리 대피시키는 게 가장 좋은 수단이었다.

"칫. 나도 많이 무뎌졌어."

스스로 얼마나 무뎌졌는지 실감하고 있었다. 예전 같았으면 이 정도로 지치기는커녕 여유가 넘쳤을 텐데, 벌써부터 이마에 땀이 송골송골 맺히고 있다. 오랜만에 겪는 실전이고, 긴장도 하고 있어 손에도 땀이 났다.

'게다가 살짝 밀리고 있어.'

아무래도 녀석들이 숫자로 밀어붙이고 있다 보니 어쩔 수 없었다.

"흐읍─!"

메튜가 숨을 크게 들이마시자 전신에 푸르스름한 빛이 머물기 시작했다. 발렌은 아버지가 무투기를 사용하려는 것임을 단번에 파악할 수 있었다. 메튜의 무투기는 강화계. 신체 능력을 일정 시간 동안 향상시켜 보다 오랫동안 강하게 상대를 몰아칠 수 있는 계열이다. 메튜는 무투기를 사용해서 단번에 쓸어버릴 생각이었다.

"안 되지, 안 돼. 한 놈도 도망치게 놔둘 수 없다."

그 말과 함께 발렌의 감이 위험하다고 알려왔다. 그가 자신도 모르게 몸을 땅에 바짝 숙였다. 그의 머리 위로 바람 소리와 함께 무엇인가가 빠르게 스쳐 지나갔다. 뒤를 돌아

보니 그곳에는 벽에 박혀 떨고 있는 석궁 화살이 있었다. 조금만 늦었어도 발렌이 석궁 화살에 맞았을 것이다. 하지만 피하지 못한 이도 있었다.

"바, 발렌……."

"아버지!"

바로 메튜가 석궁 화살에 맞은 것이다. 그가 가슴을 부여잡고 뒤로 쓰러진다. 석궁 화살은 메튜의 가슴을 명중시키고, 관통했다. 발렌이 메튜에게 달려가 끌어안았다. 메튜의 피가 발렌의 옷을 붉게 물들였다. 그러나 발렌에게 그것은 안중에도 없었다.

"아버지, 정신 차리세요!"

"바, 발렌…… 어, 어서 도망……."

메튜의 손이 힘없이 바닥에 떨어진다. 발렌의 동공이 쉴 새 없이 흔들리며 왈칵 눈물이 나오려고 했다.

"또다시 내 아버지를……."

그는 쏟아져 내릴 것 같은 눈물을 참고 천천히 일어섰다.

"이번에는 그냥 넘어가리라고 생각하지 마라!!"

분노를 쏟아 내며 벨트에 꽂혀 있던 섬광액을 꺼내 녀석들에게 던졌다. 유리가 깨지는 소리가 울리고, 갑자기 환한 섬광과 함께 굉음이 터져 나왔다.

"크아악!"

네크로맨서가 괴로워하며 눈과 귀를 붙잡는다. 언데드들에게도 영향을 끼치는 듯 녀석들도 괴로워했다. 잠시 후, 귀와 눈이 원래대로 회복된 네크로맨서. 그는 시체와 함께 발렌이 없어진 것을 확인하고 눈살을 찌푸렸다.

"그놈을 당장 찾아!"

그의 말에 따라 언데드들이 일제히 움직였다.

… / … 

## Chapter 08
# 처절한 몸부림

<언데드>

흑마법으로 되살려 낸 생명체를 가리켜 말한다. 좀비, 스켈레톤, 다크 나이트 등이 있으며 같은 종류에서도 등급이 나뉜다. 대부분 이성을 잃고 자신을 되살려 낸 자의 말에 무조건 복종한다.

—『금지된 마법』10p 발췌—

\*  \*  \*

요정의 휴식처. 여관만이 아니라 주변 건물에도 불이 모두 꺼지고, 방 일부만 불이 켜져 있다. 자신의 방에서 종이에 뭔가를 적고 있던 이바나가 머리를 벅벅 긁더니 종이를 구겨 뒤로 던져 버렸다.

"하아, 집중이 안 되네."

그녀는 깃펜을 내려놓고 의자 등받이에 등을 기대며 천장을 바라보았다. 평소와 달리 그녀는 계속 발렌을 신경 쓰고 있었다. 그의 모습은 평소 그녀가 알고 있던 모습이 아니었다. 계속 조급해하고, 뭔가에 두려워하는 모습이었다.

그녀가 발렌과 알고 지낸 지 그리 오래되지는 않았다. 그러나 직접 보고, 엘리즈에게서 발렌에 대해 들은 바가 있는 이바나는 그의 성격을 대충 짐작할 수 있었다. 확신이 안 서는 일에 이렇게 과민하게 반응하는 사람이 아니라는 것이다.

'그런데 그 녀석은 뒤에서 누가 쫓아오는 것처럼 급박해 보였지.'

어떤 비유가 아니라 정말 그렇게 보였다. 미래에 다가올 일을 예견한 것처럼 불안에 떨었다. 이를 막아 보겠다고 아등바등하다가 결국 일을 그르치고 말았지만…… 그 때문에 계속 신경이 쓰였다. 그는 도대체 왜 그렇게까지 예민하게 굴고 있는 것인가.

'평민들에게 흑마법사는 확실히 악마들과 비견될 정도

로 두려운 존재이기는 한데…… 확실치도 않은 정보를 듣고 이렇게 두려움에 떠는 사람이 있을까?'

있을지도 모르지만, 이렇게까지 반응하는 사람은 드물 것이다. 발렌이 특이하다고 단정 짓기도 너무 어려웠다.

"아오, 남의 일에 참견하는 건 내 성격과 전혀 안 맞는데!"

이바나가 머리를 벅벅 긁었다. 이걸 잊고 평소 하던 대로 마도구 연구를 하고 싶은데 집중이 되질 않으니 머리가 돌아가지 않았다. 이게 다 발렌 때문이라며 혼자 툴툴거리고 있는데, 노크 소리가 들려왔다.

"이비, 안에 있니?"

엘리즈였다. 이바나가 문을 향해 고개를 돌렸다.

"응, 들어와."

문이 열리며 곧 엘리즈가 들어왔다. 그녀는 옷을 갈아입었는지 편한 복장이었다.

"잠이 안 와?"

"응. 오늘 발렌의 일도 있었고."

엘리즈도 발렌의 행동이 평소와 너무 다르다는 걸 깨달았다. 이바나도 쉽게 알아냈는데, 가장 먼저 만났고, 가장 가까이에서 알고 지낸 그녀가 그 사실을 눈치채지 못했을까.

"이비. 잠시 1층에 내려갈까?"

"그러자."

이바나는 잉크통을 닫고서 자리에서 일어나 그녀의 뒤를 따라 1층으로 내려갔다. 1층에는 여관 주인이 초에 불을 켠 채 꾸벅꾸벅 졸고 있었다. 마법 병단이 통째로 빌렸고, 내일 아침에 출발하기에 다들 들어가서 취침하고 있으니 일이 없을 것이다. 아마 마법 병단 중 깨어 있는 사람은 엘리즈와 이바나 둘뿐일 것이다. 그들은 한쪽 자리에 앉았다.

"사람들에게 들어 보니 발렌의 기이한 행동이 일주일 전부터 시작됐다고 그러더라고."

"일주일 전부터?"

"응. 발렌이 오랜만에 고향을 왔다고 축하의 의미로 이웃 사람들과 잔치를 하려고 한 순간부터 이상해졌다고 하더라고. 그 전까지 멀쩡했는데, 뭔가를 두려워하고 있었다고 하나 봐."

방에서 멀쩡히 공부를 하고 있던 그가 갑자기 변하니 사람들이 이상하게 생각하고 있었다는 모양이다.

"처음에는 병영에 가서 이 사실을 알렸고, 후에 병영에서 듣지를 않으니 마을 사람들에게 흑마법사가 올 거라 얘기했다고 다녔다가 유치장에 하루 동안 갇혀 있었대."

"……그리고 아무도 안 믿어 주니까 우리에게 얘기하고?"

"맞아."

확실히 그들이 아는 발렌과 동떨어진 행동이기는 했다. 무작정 찾아가 앞뒤 안 맞는 행동을 하니 기이하게 느껴졌다. 발렌이 남들은 이해 못 할 일을 그는 알고 있을지도 모른다는 생각이 들기도 했다.

"이상한 일이지. 사람들은 발렌이 지쳐서 그런 것이라고 하지만, 누군가는 뭔가에 홀린 것이라고 수군거리고 있어. 푹 쉬면 괜찮아진다고 하지만…… 솔직히 걱정이 들어. 발렌이 여러 가지 일을 겪으면서 심적으로 지친 건지."

그리고 그 여러 가지 일에는 엘리즈 본인도 섞여 있었다. 암살을 막고, 오우거의 난동도 막아 낸 발렌. 큰 사건을 연달아 겪으니 지치는 것도 이상하지는 않을지 모른다.

"혹시 나 때문에 지친 게 아닐까 생각이 들어."

제시카의 암살 사건 이후로 발렌은 큰 사건을 겪고 있었다. 우연이라고 하지만, 일반인은 견디기 힘든 일들을 겪었으니 지치는 것도 무리는 아니라고 생각했다.

"리즈. 너무 자책하지 마. 전부 우연이잖아."

"우연이라고 해도 내 곁에 있으면서 벌어진 일들이잖아. 혹시 내 불행이 그에게 영향을 미친 것일까 걱정이 들어."

엘리즈의 눈가에 눈물이 맺혔다. 이바나는 그 모습을 보고 기가 찬 표정으로 그녀를 바라보았다.

 "네가 한 일도 아니고, 단지 우연찮게 벌어진 일들을 네 탓으로 돌리고 자책하면 어쩌자는 거야!"

 "그래도……"

 "그래도는 무슨 그래도야. 남의 일을 억지로 이해하려는 버릇은 여전히 못 버렸구나? 이 마음 여린 황녀야. 전부 네 탓으로 돌리지 말고, 상황을 보고 판단해."

 이바나는 현실적인 성격인 반면, 엘리즈는 현실적인 성격과는 조금 거리가 멀었다. 워낙 현실에 대해 잘 모르고, 마음도 여리다 보니 남이 곤경에 처한 모습을 그냥 넘기지 못했다. 지금도 마찬가지다.

 그 상황에 욱해서 발렌에게 실망했다고 말했었지만 시간이 조금 지나니 그놈의 여린 마음이 다시 고개를 내민 것이다.

 "넌 잘못한 것도 없고, 잘못되지도 않았어. 너나 발렌이나 운이 없었을 뿐이야. 어렸을 적부터 비교적 암살 위협에 시달려서 금방 털어 버릴 수 있는 너와는 달리 발렌은 처음 겪었던 거잖아. 휴가차 집에 오니 긴장이 풀려서 순간 혼동이 온 걸지도 몰라."

 엘리즈뿐만이 아니다. 황위 계승권을 누가 물려받을지

정할 시기가 되면 그때부터 피 튀기는 암투가 시작된다. 암살 기도는 그녀뿐만 아니라 가벨, 아루스도 시달렸다. 메이어 신성 제국의 황태자와 혼인한 프리실라는 예외다.

황위 계승권을 포기한 엘리즈는 비교적 암살 기도에 덜 시달리기는 했으나, 그래도 아주 간혹 겪고는 있다. 세인브리트 마탑에 들어오고서 지금까지 시달리지 않았지만 말이다.

"내가 미리 발렌에게 말해 뒀어. 오늘 아무 일도 없이 지나가면 내일 아침에 우리가 몬스터의 숲으로 출발하기 전에 찾아와서 사과하라고. 넌 그 사과를 받고 앞으로 그런 말 함부로 하지 말라고 하면 돼."

확실히 그렇게 하면 모든 문제는 말끔히 해결된다. 이바나는 거기에 한 가지를 덧붙였다.

"그래도 그가 여전히 쉽게 떨치지 못하고 있으면 그 아픔을 너의 그 오지랖으로 치유해 주면 되는 거야."

"오지랖이라니…… 난 단지 돕고 싶어서……."

"그걸 오지랖이라고 하는 거야. 어쨌든 이렇게 하면 모든 게 해결이지?"

엘리즈가 고개를 끄덕였다.

"고마워, 이비. 역시 너에게 말하길 잘한 것 같아."

이바나는 씩 웃어 보였다.

"이 정도 가지고 뭘. 대충 네가 오늘 중으로 그 문제로 나한테 말 걸어올 거라 예상하기는 했어."

알고 지낸 지가 얼만데 모르겠는가. 서로를 잘 아는 만큼 의지가 될 수밖에 없었다. 그렇게 서로를 마주 보며 웃고 있는 순간이었다.

쾅! ……쾅! ……쾅!

여관 출입문을 누군가가 세게 두들겼다. 그 소리에 놀라, 졸고 있던 여관 주인이 눈을 뜨며 출입문으로 향했다.

"예, 누구십니까……."

졸린 목소리로 대답하며 잠긴 여관 출입문을 여는 순간이었다. 출입문이 활짝 열리며 한 무장한 청년이 앞으로 넘어졌다. 그 모습을 보고 여관 주인이 깜짝 놀랐다. 이 청년은 아올란 마을의 순찰병이었다. 그는 갑옷이 파괴되고, 등에는 화살과 검이 박혀 있었다.

"이, 이보게! 무슨 일인가!"

그 모습을 보고 엘리즈와 이바나가 벌떡 일어나 그에게 달려갔다. 순찰병이 거친 숨을 내쉬며 손을 내밀었다.

"도, 도움을…… 어, 어……!"

뭔가를 말하려던 젊은 순찰병의 손이 바닥으로 떨어졌다. 숨이 멎었다. 숨이 멎은 이는 어떻게 치유할 방법이 없었다. 이게 도대체 무슨 일인가. 도적 떼들이 이곳에 쳐들어오기라도 한 건가? 이 젊은 순찰병이 대체 무슨 얘기를 하고 싶었던 건지 파악하지 못하고 있을 때였다.

덜그럭— 덜그럭—

출입문 밖에서 들려오는 알 수 없는 소리가 그들의 귀에 닿았다. 모두의 시선이 밖으로 향한다. 어둠이 내려앉은 거리에 다수의 인원이 움직이고 있는 게 눈에 들어왔다. 움직임이 수상쩍어 엘리즈와 이바나가 잔뜩 경계한다. 그들의 오감이 순식간에 넓어지고, 곧 그들은 뭔가 이상함을 느꼈다.

"리즈. 비명 소리 들리지?"

"응. 분명 저들이 뭔가를 벌이는 걸 거야. 정체를 알 수 없는 놈들이야."

"뭔가 그들에게서 기분 나쁜 것이 느껴져."

엘리즈와 이바나가 고개를 끄덕였다.

"네놈들은 누구냐. 정체를 밝혀라!"

엘리즈가 소리쳤다. 그들의 의도가 무엇이었든 이를 결코 넘어갈 생각이 없었다.

"언데드?!"

그들의 눈이 동그랗게 떠졌다. 언데드가 이곳에 나타나다니! 그들도 살면서 언데드는 처음 보았다. 뭔가 잘못돼도 한참 잘못된 것을 느낀 그들. 가장 먼저 정신을 차린 이바나가 뒤돌아보며 소리쳤다.

"어서 사람들을 깨우세……."

여관 주인에게 소리치던 이바나의 말이 중간에 끊기고, 몸이 경직되었다. 그것은 엘리즈도 마찬가지였다. 그들의 눈에 죽었던 젊은 순찰병이 여관 주인의 목을 물어뜯고 있는 광경이 눈에 들어왔기 때문이다.

    *  *  *


"아버지……."

발렌이 메튜의 눈을 감겨 주었다. 풀숲에 안전하게 메튜를 숨긴 발렌. 그는 자신도 모르게 계속 새어 나오는 눈물을 닦아 내며 입술을 꽉 깨물었다. 지금은 슬퍼할 때가 아니다. 점점 언데드들이 이쪽으로 다가오고 있었다. 생명체의 반응을 누구보다 빠르게 감지할 수 있는 언데드들은 발렌이 숨어 있는 곳도 금방 찾아낼 것이다.

'이번에는 나도 가만히 있지 않아.'

질 건 뻔히 안다. 그러나 죽을 땐 죽더라도 자신이 원하는 만큼 녀석들에게 지금의 감정을 표출하고 싶었다.

"그어어—!"

좀비 한 녀석이 발렌의 근처에 오자 그가 있는 곳을 알아

챘다. 그 소리에 스켈레톤 워리어와 좀비들이 일제히 이쪽으로 몰려든다.

"이거나 먹어라!"

발렌이 풀숲에서 재빨리 튀어나와 들고 있던 망치로 좀비의 머리를 세게 후려쳤다. 좀비의 몸체가 옆으로 넘어진다. 그러나 좀비는 약간씩 미동하고 있었다. 발렌이 다시 한 번 망치로 녀석의 머리를 후려쳤다.

발렌의 몸이 녀석의 피로 더러워졌다. 녀석이 미동하지 않을 때까지 후려친 발렌. 어느새 스켈레톤 워리어들이 가까이에 다가왔다. 녀석들은 움직임이 비교적 느릴지라도 단단히 무장한 상황. 발렌의 힘으로 녀석들을 이길 수 없다. 녀석들의 무기를 탈취해도 다룰 줄 모르니 아마 근접전의 상황은 다르지 않을 것이다.

'괜찮아. 내겐 이바나 씨에게 받은 실험품이 있어.'

그가 가죽 주머니를 열어 돌 하나를 꺼냈다. 번개의 룬이 그려진 전류석이었다. 그가 급한 대로 전류석을 녀석들 한가운데에 던졌다.

쿠르르릉!

천둥소리가 크게 울려 퍼지며 강력한 전류가 녀석들 주위로 확산되었다.

스켈레톤에게는 거의 영향이 없었지만, 좀비들에게는 효

과가 있었다. 이동하는 모양새가 이상하더라도 공격하거나 걷던 놈들이 갑자기 엎어져 발작을 일으키고 있는 것이다. 직접적인 영향권에 있던 좀비와 스켈레톤 워리어들은 방금 그 공격에 새까맣게 그을린 채 풍화되기 시작했다.

'마, 말도 안 되는……'

발렌은 이를 보고 놀랄 수밖에 없었다. 위력이 자신의 생각보다 너무나도 컸기 때문이다. 이런 위험한 물건을 자신에게 넘기며 실험해 달라고 하다니…… 어디에 파묻거나 방에 꼭꼭 숨겨 둔 건 정말 잘한 일이었다.

'하지만 분명 쓸모가 있어.'

발렌은 순식간에 자신감이 붙었다. 이거라면 아무리 힘이 약하고, 마법을 못 쓰는 자신이라도 언데드들을 상대할 수 있다. 그의 눈이 달빛에 반사되며 빛을 더했다. 그가 이번에는 폭발석을 들어 녀석들에게 던졌다. 스켈레톤 워리어의 발치에 떨어진 폭발석.

펑!

"……"

그리고 아주 작은 폭발이 일어나며 스켈레톤 워리어가 넘어졌다. 발목까지 까맣게 그을렸을 뿐이지, 스켈레톤 워리어는 다시 일어나 멀쩡히 걸었다.

'이바나 씨……'

이바나도 직접 실험하지 않아 위력을 잘 모른다고 분명 말했다. 발렌은 위력을 전혀 모르니 자신에게 다가오는 녀석들을 향해 마구잡이로 던졌다.

폭풍이 몰아치고, 불길이 터져 나오고, 물줄기가 돌에서 튀어나왔다. 어떤 건 약하고, 또 어떤 것은 지나치게 위력이 강했다. 하지만 대부분 위력이 약한 것들이었다. 어쩌다 강한 것이 튀어나오면 언데드들을 풍화시켰지만, 대부분 멀쩡히 걸어 다녔다.

"큭!"

쓸모가 있기는 개뿔! 아무런 소용이 없다. 가죽 주머니에 있는 실험품도 어느덧 거의 다 떨어져 간다.

'이제 남은 건 하나.'

그의 손에 들려 있는 실험품. 닥치는 대로 던졌기 때문에 뭘 던졌는지 파악하기가 쉽지 않다. 그러나 지금 남아 있는 것에 의지할 수밖에 없는 것도 사실이다.

"장난은 거기까지다."

흑마법사가 언데드들 사이에서 나왔다.

목소리를 들어 보니 녀석은 집에 들이닥친 네크로맨서가 아니었다. 더는 못 봐 주겠다는 듯 손을 들어 언데드들의 움직임을 제지했다. 언뜻 후드 아래로 보이는 입 모양을 보니 어이가 없다는 표정인 것 같았다.

"넌 공동묘지에 있었던……."

저번에 발렌을 죽였던 녀석이었다. 녀석은 발렌을 바라보며 호기심 어린 표정을 지었다.

"호오? 우리가 공동묘지에서 왔다는 걸 어떻게 알았지? 우릴 미행하는 사람은 없었는데 말이야."

녀석은 곧 몸을 빙글 돌려 발렌을 노리고 있던 네크로맨서에게 뒷짐을 진 채 다가가며 귀를 바짝 들이밀었다.

"지금까지 이놈과 어울리며 뭘 하고 있던 거지? 응~? 대업을 위해 움직이고 있는데, 그것을 그르치게 만들 속셈이냐?"

대장 격으로 보이는 흑마법사의 말에 네크로맨서가 뒷걸음질을 쳤다. 그러나 흑마법사는 네크로맨서가 달아나지 못하도록 팔목을 단단히 붙잡았다.

"일에 진지하지 못한 네 녀석에게 죽음을 선사해 주마."

스멀스멀 녀석의 손에서 검은 아지랑이가 피어오른다. 검은 아지랑이가 네크로맨서의 코로 흡입되었다.

"크억! 크아악!"

네크로맨서는 한참을 고통스러워하다가 갑자기 피를 쏟아 내기 시작했다. 처음에는 입과 코에서 흘러나오던 피가 어느새 피부에서도 새어 나오기 시작했다. 몸의 모든 구멍에서 피를 쏟아 내는 광경. 녀석이 소환한 언데드들도 비명을 지르며 풍화되어 간다. 소름 끼치는 광경. 머리털이 삐쭉삐쭉 서는 것 같았다. 네크로맨서가 곧 뒤로 넘어가며 완전히 움직임이 정지되었다. 생전 처음 보는 끔찍한 광경이기에 발렌이 놀랄 수밖에 없었다.

"어리석은 녀석. 유희를 즐기려거든 때를 봐 가면서 해야지."

녀석은 죄책감 없는 말투로 가볍게 네크로맨서를 무시했다.

"자, 아무래도 이 마을에는 네놈만 남은 것 같구나."

흑마법사가 손을 뻗어 발렌의 턱을 붙잡았다. 어찌나 악력이 센지 고통스러울 정도였다.

"네놈에게는 최고의 죽음을 선사해 주마. 절망해라. 우리의 힘을 두려워하며 천천히 죽음을 맞이해라."

검은 마나가 녀석의 손에서 일렁이기 시작한다. 스멀스멀 움직이는 것이 기분 나쁘면서도 두려운 기운이었다. 녀석의 검은 마수가 발렌에게 뻗는다. 몸이 다시 오들오들 떨렸다. 녀석의 검은 아지랑이가 발렌의 코로 스며들어가기 시작하고, 이변이 일어났다. 갑자기 흑마법사의 손에 일렁이던 검은 기운이 사라지기 시작한 것이다.

"허?"

흑마법사의 입에서 바보 같은 소리가 새어 나왔다. 그는

처절한 몸부림 275

자신의 손과 발렌을 번갈아 보며 물었다.

"너. 도대체 무슨 짓을 한 거지? 저주가 안 걸린다니? 설마 이 녀석 프리스트인가?"

"……?"

흑마법사가 얼굴을 바짝 들이밀며 그를 위아래로 바라본다. 천천히 그를 살피던 녀석의 고개가 옆으로 꺾였다.

"이상한데…… 신성력은 전혀 안 느껴진단 말이지. 뭐지? 넌 뭐냐? 왜 저주가 안 걸리는 거냐?"

계속 질문을 해도 발렌은 뭐라 대답할 것이 없었다. 모르니까. 흑마법사가 장난하는 것처럼 보이지는 않았다. 저주에 안 걸린다니. 오히려 묻고 싶은 건 발렌이었다.

흑마법사는 아무리 생각해도 이상하다는 듯 고개를 꺾으며 의문을 표했다.

"흠, 뭐 안 통한다고 죽이는 방법이 없는 것도 아니고. 나중에 연구 재료로 차근차근 알아내면 되겠지."

생각하기 귀찮았는지, 흑마법사가 품에서 단도를 꺼내 들었다. 단도로 심장을 찔러 죽일 생각이었다. 발렌이 달아나려고 했지만, 아쉽게도 흑마법사들은 그를 가만 놔둘 생각이 없었다. 또 다른 네크로맨서들이 언데들을 소환해 퇴로를 차단해 버린 것이다. 갈 곳을 잃은 발렌이 이러지도 저러지도 못했다.

"자자, 아픔은 잠깐이라고."

이 와중에 흑마법사가 실실 웃으며 다가온다. 그가 어떻게 달아날 방법을 모색했지만, 방도가 없어 보였다.

'큭! 여기까지인가?'

결국 여기서 죽음을 맞이하는 것 외에는 방법이 없어 보였다. 발렌이 모든 걸 포기한 듯 눈을 질끈 감자, 흑마법사의 단도가 그의 심장을 향해 찔러 들어왔다.

"쉴드, 라이트닝!"

스파아아앗!

갑자기 그의 주위로 방어막이 쳐지더니 전류가 몰아친다. 흑마법사가 재빨리 뒤로 물러나며 쉴드로 전류를 막아냈다. 그리고 곧 눈앞에 누군가가 발렌을 지키듯 등장했다.

"이거이거. 방해꾼이 나타났구먼. 아쉽게도…… 딱히 뭘 할 수 없어 보이지만."

"이바나 씨!"

발렌은 자신을 구해 주려고 나타난 이바나가 반가웠지만, 곧 그녀의 상태가 말이 아니라는 것을 확인할 수 있었다.

"이바나 씨. 팔이……!"

그녀의 왼쪽 팔이 사라져 있었다. 소매가 길게 찢어진 채, 텅 비어 있었다. 급한 대로 붕대로 출혈을 막은 것 같았다. 그녀의 몸이 위태롭게 흔들리더니 곧 옆으로 쓰러졌다. 발렌이 기어가듯 그녀에게 다가갔다.

"이바나 씨. 괜찮아요?"

"난 누군가를 위해 나서는 사람이 아닌데……."

이바나는 힘없이 쓴웃음을 지었다.

"우리도 급습을 당했어. 전부 취침하고 있었는데, 갑자기 기습을 당해서 전멸해 버렸어. 난 어떻게든 탈출했지만 이런 꼴이 됐고."

이바나의 목소리에 힘이 없었다. 마법 병단이 제대로 싸워 보지도 못하고 전멸했다는 말에 발렌의 눈이 커질 수밖에 없었다.

"그럼 리즈는……."

"……용감히 싸웠어. 황녀로서 명령하더라고. 널 구해 달라고."

이바나의 말은 그것뿐이었다. 확실하게 대답해 주지 않았지만 발렌은 어떻게 된 것인지 충분히 이해할 수 있었다. 그녀의 숨이 점점 거칠어졌다. 그리고 몸이 쉴 새 없이 떨리기 시작했다.

"발…… 렌……."

"예, 이바나 씨."

"도망…… 쳐."

그 말을 마지막으로 이바나의 몸이 축 처졌다.

"이바나…… 씨?"

그녀는 눈을 뜬 채로, 움직임이 정지해 있다. 그녀의 동공이 풀어져 있다는 것을 봤지만, 그는 현실을 부정했다.

"이바나 씨! 일어나세요. 이바나 씨!"

발렌이 그녀를 흔들었다. 그러나 아무리 흔들어도 그녀는 일어날 생각을 하지 않았다. 아버지의 죽음을 목격했어도 참았던 눈물이, 그녀의 죽음까지 겪자 결국 왈칵 쏟아졌다.

"이거 정말 눈물 없이는 못 볼 광경이로군."

흑마법사가 박수를 치다가 눈물을 닦아 내는 시늉을 하며 발렌에게 다가왔다.

"절망이 꽃피는 곳에는 반드시 희극과 같은 장면이 펼쳐지고는 하지. 마치 한 편의 연극을 보는 것 같다고 할까? 이런 광경은 몇 번을 봐도 질리지 않단 말이지. 자, 그럼 이제 연극배우인 당신에게 묻겠습니다. 제게 질문하실 건 없습니까?"

발렌이 이를 아득 물었다. 이런 상황을 마치 유희로 생각하며 익살스럽게 말하는 그를 보니 화가 머리끝까지 뻗칠 수밖에 없었다.

"도대체 왜…… 도대체 왜 이러는 거야! 내가, 우리 가족이, 마을 사람들이 너희들에게 뭘 잘못했기에! 사람들을 벌레처럼 죽이고 있는 거냐고!"

공포는 사라지고 다시금 분노가 고개를 들었다. 분노라고 말하기보다 발악하는 심정으로 소리치고 있다는 것이 맞을 것이다. 그의 앞에 있는 검은 로브의 남성. 이 목소리는 발렌이 저번 리셋 때 공포심을 새겨 넣은 그놈의 것이었다.

"왜 그러냐고?"

씩—

녀석이 사이하게 웃는다.

"큭큭. 살려 달라고 하는 녀석은 봤어도 화내는 놈은 처음 보는군. 그래그래, 영문도 모르고 죽는 건 억울하다 이거냐? 으히히!"

흑마법사가 뭘 상상하고 있는 건지, 괴기하게 웃었다. 마치 광인이 따로 없는 모습이다.

"원한다면 말해 주지. 어차피 곧 내 이름이 이 영지에 순식간에 퍼지게 될 테니까. 내 이름은 아베트. 한때 메아드 백작령의 후계자였던 몸이다."

'메아드 백작령?'

전혀 들어 본 적 없는 곳이다. 영지에 대해 다 아는 건 아니지만, 그래도 어느 정도 알고 있는 발렌. 남바른 공작가에 원한을 가질 만한 영지라면 남바른 공작령과 인근에 위치해 있다는 뜻인데, 난생처음 들어 본 곳이었다.

"모르는 게 당연하겠지. 이미 메아드 백작령이 지도상에서 사라진 지는 30년이 지났으니까."

30년이면…… 발렌은 태어나지도 않았을 때의 이야기다. 새롭게 나타나고, 없어지는 영지는 수두룩하다. 일일이 전부 나열하기도 힘들기 때문에 당연히 모를 수밖에 없었다.

"하지만 난 이 원한을 잊지 않았다. 30년 동안 이 날을 꿈꿔 왔지. 내 가문을 무너뜨린 남바른 공작이 우리와 같이 무너지기를 말이야."

그의 목적은 이로써 확실해졌다. 남바른 공작가의 몰락. 오직 그것을 목표로 하고 있는 것이다.

"아베트. 아베트란 말이지?"

"그래. 그럼 이제 한은 없겠지? 네 시체는 내가 조금 연구하다가 움직이게 해 줄 테니 너무 걱정하지 마라. 좀비밖에 안 되겠지만…… 뭐, 화살 받이로는 좋을 테니 없는 것보다는 낫겠지. 킥킥."

녀석의 손이 들린다. 그리고 천천히 어둠 속에서 누군가가 걸어오는 소리가 들린다. 어기적어기적 걸어오는 인영. 그것은 다름이 아닌 메튜였다.

"그어어―"

"아버지……?"

그러나 메튜는 정상적인 모습이 아니었다. 시선이 이상한 곳으로 향하고, 평소 걸음과 너무 다르다. 그리고 그의 주변에 머물고 있는 검은 마나가 그의 눈에 들어왔다. 바로 언데드화 한 것이다.

"내 특별히 네놈의 아비에게 죽음을 맞이할 수 있도록 해 주지. 지켜 주던 아비에게 죽임을 당하는 모습이라니. 정말 황홀해 미치겠군."

"넌 제정신이 아니야."

"그래, 난 미친놈이야. 미치지 않고서야 이런 짓을 벌일 리가 없잖아. 안 그래?"

그는 오히려 조롱하듯 키득키득 웃고서 손을 들었다. 메튜가 그의 목덜미를 물기 위해 입을 벌리며 다가왔다. 발렌이 눈을 감으며 이번에는 비교적 담담이 죽음을 맞이하기로 한다.

콰아아앙!

거대한 폭발이 눈앞에서 작렬했다. 발렌이 반사적으로 팔을 들어 올려 얼굴과 머리를 가렸다. 열기가 그에게 닿았으나 거리가 좀 되는 탓에 화상을 입는 일은 없었다.

후웅!

갑작스럽게 돌풍이 불어오며 그와 메튜를 날려 보냈다. 발렌은 짚더미로 가득한 곳으로 날아가 충격을 받지 않았지만, 메튜는 벽돌에 부딪쳐 다시 일어나지 못하게 되었다. 순식간에 벌어진 일이라 무슨 일이 일어난 건지 몰라 눈을 꿈뻑거리는 발렌.

'이번에는 무슨 일이……?'

연이어 무슨 일이 벌어지고 있는 건지 정면을 바라보니 익숙한 뒤태가 그의 눈동자에 드리워졌다. 발렌의 눈동자는 커질 수밖에 없었다.

"어머…… 니?"

발렌은 시이나의 모습을 보고 놀랄 수밖에 없었다. 방패처럼 그의 앞에 서 있는 시이나. 그녀의 주위로는 푸른 기운이 잔뜩 머물고 있었다.

'저건…… 마나잖아?!'

그것도 보통의 것이 아니고 엄청나게 방대한 양의 마나였다. 이 순간에도 그녀의 주위를 떠도는 마나는 점점 더 많이 방출되고 있었다. 마탑주보다는 아니지만 그래도 적잖은 양의 마나가 그녀 주위에 소용돌이치고 있었다. 시이나는 오직 증오와 분노만 가득한 얼굴로 흑마법사들을 노려보았다. 도대체 이건 무슨 상황인지 혼란스럽기만 했다.

"더러운 흑마법사들. 감히…… 감히……!"

화악!

돌풍이 몰아친다. 아직 가을임에도 겨울처럼 한기가 몰아치는 것 같았다.

"모든 걸 잃은 내게 마지막으로 남은 행복마저 빼앗으려는 것이냐!"

시이나의 주위로 방대한 마나가 뿜어져 나오며 회전했다.


〈다음 권에 계속〉

# 불빨

### 화염포식자

중학교 때 한 말실수로,
쭉 왕따 인생을 살아온 최하급 헌터 김기환.
우연한 기회로 불을 '포식' 할 수 있는 능력을 깨닫다!

최하급 헌터였던 한 남자의 통쾌한 성장기!
이루다 현대 판타지 소설

『불빨─화염포식자』

FUSION FANTASY STORY & ADVENTURE

사도연 퓨전판타지 장편소설

# 신세기전

이전에는 보지 못한 새로운 판타지
눈부신 신의 세계가 눈앞에 펼쳐진다!

## 사도연이 보여 주는 퓨전 판타지 장편소설!

dream books
드림북스

DREAMBOOKS

DREAMBOOKS

DREAMBOOKS

DREAMBOOKS